林真理子

Mariko Hayashi

超恋愛

「自分が歩く道はすべてが社交場、すべて出会いの場と思わなくては」（江原）

「恋の悩みの悲しさっていうのは、もう甘美ですらある」（林）

「一番賢いのはMの皮をかぶったS女」（江原）

江原啓之

Hiroyuki Ehara

「プチ美人には誰でもなれる時代」（林）

「恋愛のスタートは、すべてひとめ惚れから始まるんです」（江原）

「飲み会に最後まで残る女はモテません」（林）

超恋愛

目次

目次

運命の

Chapter 01

目の前に忽然と現れた白馬の王子様に
キスされてハッピー・エンド！
女の子なら誰もが夢見る〝運命の恋〟。
おとぎ話のような恋や出会いは、
現実に起こり得るのでしょうか？
素敵な男性になかなか出会えない、
そんな女性の嘆きを分析してみると……。

恋

Chapter 01 運命の恋

林真理子(以下、林)　「運命の恋や運命的な出会いなんて本当にあるのだろうか?」という疑問は女性の多くが持っていると思うんです。例えば江原さんは、奥様に出会った瞬間にこの女性こそ〝運命の人〟だと思われましたか?

江原啓之(以下、江原)　出会いというものは〝宿命〟だと僕は考えているんです。**宿命と運命は違う**と、僕の中では言葉を分けているんですね。〝運命〟はすべて努力で作られるものなんですけど、〝宿命〟は自分の意思と関係なく定められているもの。だから、出会いそのものはみんな宿命だ、と。

林　宿命、なんですね。

江原　素材と料理の関係に例えるとわかりやすいかもしれません。宿命というのは素材で、その素材を料理しようかどうしようかと考えて実際の行動に移すのが運命だということ。料理は自分で努力しなくてはいけないでしょう?

林　なるほど。

江原　まずは自分に与えられた宿命をいかにうまくキャッチするのかが重要ですよね。いろいろな素材が目の前を通り過ぎていくから、それらの素材をしっかり見極めなければいけない。でもね、お腹いっぱいのときは真剣に見ないから、素材がスルリと通り過ぎていっちゃうんです。妻に出会ったときの僕は、たぶん素材を見つけるべきタイミングだったんでしょうね。

林　テレビを見ていると芸能人がよく結婚会見で「奥さんに出会った日に『この女性だ』と思って、もうその日のうちに『結婚してください』と申し込んだ」なんて言うじゃないですか？　そういうのを聞くと、いわゆる〝運命の恋〟もあるんだって信じてしまいます。

江原　そういう人って意外と多いんですよね。長い恋愛が終わった直後に出会った新しい人とお付き合いを始めて、三か月ぐらいで結婚を決めるという人、結構いませんか？

林　確かに、いるいる。周囲の人間はみな、「元恋人に悪いじゃない」なんて思うんですよね。どうして彼女もしくは彼とは結婚しなかったのに、たった三か月しか付き合ってない人との結婚が決められるの、とか。

江原　でも、結ばれるときっていうのはすごい早いものでしょう。

林　大抵の人は、タイミングが良かったとかって言うけど、実は違うのかも。いい素材＝宿命が現れたときに、運命の力を使って料理することができたんですね。

江原　そう、**宿命という素材を運命によって料理する。だから料理意欲が旺盛なときはゴールインまでが早い**ですよね。

林　運命の人というと恋の初期、私の場合はちょっといいなと思った男性と偶然が何度も重なってバッタリ会うようなことが多いんです。不思議なことに、同じ飛行機で近くに座っていたり、街で会ったりとか。

江原　それは実は偶然じゃないんですよ。

林　神様のなせる業？

江原　神様のなせる業っていうところもあるかもしれないけれど、人間というのは、知らない間に、自分の本能では意識してないところでその人のことをすごく気にかけているんですよ。つまり林さんとその男性のテレパシーが呼応し合っているんじゃないかな。

林　すごい！

江原　やっぱり人間というのはどこか動物めいてるというか、本能的というか。互いには気がついていないんだけど、出会った瞬間に実は意識下のレベルで好きという感情がもうすでに……。

林　芽生えてる！　だから動物同士が匂いを嗅いで近づくみたいに惹き合うわけですね。私は今まで気になる男性に街でバッタリ会うたびに「なんで銀座の真ん中でこんなにしょっちゅう会うんだろう？」って不思議に思っていました。「わぁ、すごい偶然！」みたいな感じで。

江原　主人公たちが互いに好きなくせに自分たちの気持ちに気づかないという青春ドラマがよくありますよね。あの設定は極端だけど、**人は誰しもぴったり合う要素を察知する能力を持っている**と思うんですよ。例えば〝DNA的にも合う〟みたいなことですが。

林　テレビの番組で見たんですが、DNAが合わない組み合わせもあるんですってね。でも人間っていうのはちゃんとしていて、合わない人と結ばれることは少ないそうです。本当に不思議ですよね。

江原　きっとね、目には見えない何かを放っているんだと思うんですよ。

林　それじゃ例えば、「電話下さいね」とか「連絡下さい」って言って、連絡が来なかったらそれはもう合わない、ということなんですか？

江原　残念ながら、合いません（笑）。

林　**ちょっといいなと感じた人とは、ちゃんと会う機会が作られるんだあ。**「あー、また会った、また会っちゃった」と偶然みたいに感じるけれど、必然的なものなんですね。結婚している人の話を聞いても、最初は相手に全然興味なかったんだけど偶然に何度も会ううちに気になりだし、ゴールイン……という人が意外と多いんですよ。**出会ったら、もう確信を持つべきなんですね、この人！　って。**

江原　持つべきです。やっぱり何事も縁のものなので、最初つまずいたり、確信が持てないとなると、絶対に後が続きません。

林　もう別れようかなーと思うときは自然と会わなくなりますよね、不思議なことに。それなのに気になる男性の場合は逆。考え事なんかしながら街を歩いていると、その彼が横を歩いていたりしてびっくり、なんていうことも少なくないですからね。

江原　二人の間に結ばれる何かがあるんです。ＤＮＡによって引き寄せられると言いますが、そこにもスピリチュアルな神秘が隠されているのではないでしょうか。

いい男がどこにもいないと考える、それは、恋愛不感症の始まり。

林　ところで、ひとめ惚れは？　私は軽くですけど、〝この人、素敵だなぁ〟なんて思うぐらいのことは結構、多いんですが。

江原　実は、**すべてはひとめ惚れから始まっているんですよ。**　恋が実るまでにどんな経緯があっても、最初は絶対どちらかのひとめ惚れですよ。　実感してるかしてないかの違いだけで、鈍感な人は気づいていないだけ。

林　全く好みのタイプじゃなかったけどなんとなく気になった、っていうのはひとめ惚れと言ってもいいですよね。

江原　そうです。　どこかで感覚が働いてるんですよ。　だから二回、三回と縁ができて、シンクロニシティ（＝偶然の一致）みたいなことが起きるわけです。

林　でもね、先生。　私は最近、「これぞ私のタイプの人！」という男性に巡り会ったんですが、彼はすっごいつまんない女性と付き合っていたの。　長く生きてきて、いろいろな方と出会うということは、好きな異性の好みを凝縮させ、明確化してくれるものだと思うけど、すべてがうまくいくとは限らないんですね(笑)。

江原 そう。最初のきっかけだけ作って、相手の反応を見て〝脈なし〟と思ったら、それ以上執着しないことです。

林 でも、最近は「いい男がどこにいるのかわからない」とか「恋の相手がいない」と言う女性も増えてますよ。

江原 そういうことを平気で口にしちゃう子は、**恋に対して怠け者なんです。もしくは恋愛不感症と言ってもいい。**実際にホルモンの分泌が減っていたりする可能性もなきにしもあらずではないですか?

林 例えば、職場と家との往復で一日が終わってしまい、しかも職場にいるのは四十代以上の既婚者ばかりで妙齢の男性と知り合う機会がないという女性もいるとは思うのね。そういう女性はもう恋は諦めて、趣味の世界で生きていくしかないのかしら。

江原 そこで趣味に走ってしまう女性は、想像力が乏しいと思いませんか? 職場に恋愛対象者がいなくたって、取引先の男性と接する機会だってあるじゃないですか。**女性だったら、自分が歩く道はすべてが社交場、すべて出会いの場と思わなきゃいけない**んですよ。恋のチャンスはどこにでも転がってると信じなくては！

林　確かに。私も昔、海外のホテルのロビーですれ違って、「きゃあ、素敵」と思った男性に名刺を渡して、それからお付き合いが始まったこともあったもん。

江原　**人生は常にパーティ**ということです。

林　そうよね。いつも同じ電車に乗り合わせる人に「今日混んでますね？　どちらまでいらっしゃるんですか」なんてことを言ったっていいのよね。その人がもしも本を読んでいたりしたら、「失礼ですけど、その本とても面白かったですよ」とか、ちっちゃな嘘は許されるわけですよね。

江原　マナーを失しない程度なら、彼が読んでる本を盗み読みするのもアリ。で、視線がちょっと合ったら、「あ、ごめんなさい。その本にちょっと興味があったもので」なんてにこやかに返せばいいんです。

林　興味があるのは実はあなたなのよ、という思いは視線にしっかり込めてね。

江原　そこで「じゃあこの本、読みますか？」とか言われたら、「お礼に……」とお茶に誘ったり。きっかけがないって言う子が多いけど、もうその考え自体がアウト。**きっかけは作るものだから、それが作れない時点で、怠惰なんです。**

恋のきっかけは量産可能。ムダ弾も撃つべし！

林　私なんか最近オバサンになったせいか、すごくずうずうしくなって、知らない人にだって「わぁ、ハンサム！」とか思わず言っちゃったりしますからね。

江原　それは、大切なことですよ。きっかけを作る、いい方法じゃないですか。

林　さすがに路上ですれ違った男性に向かっては言わないけど、よく行くお店にいたら店長や共通の知り合いが紹介してくれることもあるでしょう。そうやって、「こんにちは」とか言って、お近づきになる。

江原　**その気がないふりをしながらも、アプローチすることが大事**ですよ。

林　私なら、ガバッと喰っちゃう（笑）。時々、道を歩いているときに若い素敵な人を見かけて、「素敵だなーこの人、恋人とかいるのかな?」と、目で追うことあるもん。目で追うと、向こうも気づくんですよ。すれ違いざまとか。

江原　それって、シグナル？

林　そう。別に私みたいなオバサンに見られても男性はドギマギしないと思うけど、若い女性が「わぁ素敵だなー」って目で追ってると、男性も彼女を見る、ってことはあると思う。素敵な男性が何か食べてたらニコッて笑顔で「あまり気持ちよさそうに召し上がっているから、ごめんなさい。見ているだけで私まで楽しくなっちゃって」みたいなこと言って。そこから会話が始まることだってあるでしょう。

江原　つまり、**きっかけなんてどうとでも作れるんです。**

林　私、若いころなんかちょっといいなと思ったら「会社どこですか？」から始めて、「あ、私のオフィスからすっごく近い。今度、寄ってもいいですか」とか平気で言っていましたよ。そりゃ、放ったなかにはムダ弾も結構ありましたけど。

江原　ムダと思ってもトライするべきですから。大体、相手に脈があるかないかは、一回でも会えばすぐわかります。

林　一回で判決は下る。というか、むしろ下さなくちゃいけない？

江原　下さなきゃいけないし、おのずと下りますからそれを見逃さないようにしなくてはダメ。「会ったんだけど、相手がどう思ってるかすごい気になるんです」って言う人がたまにいるけど、厳しい言い方をすれば、それは鈍感ですよね。相手のサインに気づかないと。

想像力があればわかるものですよ。

林　私は若いころから、会って三回以内に何もなければ絶対その後も何もないと思っていました。今の時代でも男女がお酒を飲みに行って、三回以内に何も起こらなかったらそれはもう、諦めたほうがいいんじゃないかな。

江原　それは正しいと思います。慧眼です。

林　二回目か三回目くらいに男の人は誘ってきますから、それに乗るか乗らないかで次のステージに発展するかしないかが決まるでしょう。

江原　もちろん、それには乗るべきですか？

林　そう、一緒にご飯食べるくらいだったら乗っちゃっていいはず（笑）。

Chapter 02

恋人ができない

オンナ

美人でスタイル抜群、仕事もできるのに、
なぜか男性から声をかけられない。
または、恋人と長続きしたためしがない。
「えっ、私のこと？！」とドキッとした人は、
案外多いかもしれません。
気がつかなかったマイナスポイントを
探るところから恋はスタート！

Chapter 02

恋人ができない女

林真理子（以下、林）　彼氏ができない女の子っていうのは、一体何が悪いんでしょうね。単にチャンスを逃しているだけ？

江原啓之（以下、江原）　そういう女性の多くはまず、自分のことばっかり考えているんですよ。相手の男性のことを実際は考えてないわけ。相手のことをよく観察していないから、彼のツボを押さえられない。狙った相手をちゃんと見るべきなんです。

林　いいお言葉。〝自分の矢を見てはいけない。獲物を見るんだ〟。いや、**〝獲物を見ろ、矢を見るな〟**かな。これはすごく、深いお言葉です。獲物を狙うときは、女性が「私にはこんな矢しかないけど、いいのかしら」とか「ちょっとふにゃふにゃしてるし、貧乏ったらしい私の矢でもOKなのかしら？」なんて思っちゃいけないんですね。

江原　ええ。自己卑下するのは、「傷つきたくない」という心が裏にあるからかもしれません。でも、厳しいようだけど、それは自己愛でしょう。それでは縁を逃しますよ。

林　つまり**恋人ができない女性は、自分に問題がある**ということ？

江原　改善すべき点は多いと思います。だって、ずっと矢を磨いてるだけで、獲物が通り過ぎるのすら見逃してる人がどれほどいるか……。だからあえて厳しいことを言うと、恋愛できない人っていうのは、恋だけじゃなく仕事もあまりできない気が……。

林　まぁ先生、ちょっときついお言葉。でも**男女を問わず恋多き人は仕事もできると言い切ってもいい。**エネルギーが満ちあふれているのかしら。

江原　そういうパワフルなエネルギーの持ち主の性格の特徴として、流し上手というのもあります。男女関係に執着している雰囲気を出さずに、サッパリした感じで生きている。そういう女性との恋愛においては、二人の間に何かが起きると、「あ、逃すかも」っていう心配を男性に与えるんですよ。

林　なるほどねー。

江原　男の心理としては、女性が「もうあなたしかいない」とすがってきたりすると追う気にならなくなってしまう。逆にあっさりと「じゃ、私は次に行きます」と切り替えるだけのエネルギーを女性が発揮すれば、男性に「今逃したら、こいつは二度と俺の手に入らないだろうな」っていう危機感を与えます。すると二人の関係がたちまちスリルをはらむものになり、男性の本能を刺激するわけです。

林 餌はみんなにばら撒きながら、引き揚げるときはぱっと引き揚げる。そうすると「あ、ちょっと待てよ」ってなるわけですね。**〝みんなに愛嬌、だけど引き揚げは早く〟**ですね。〝チャンスはいろいろな場所に転がっている〟に続く金言(笑)。

流し上手な女性が、最後には勝利する!

江原 女性が誰にも気のないふりをすることがあるじゃないですか。そういう態度はえてして男性に「あれ? こいつもしかして俺のこと好き?」って勘違いさせちゃうもの。男は基本的にうがった考え方をしてしまう生き物だからね。みんなが盛り上がっている飲み会で「じゃあ私、先帰る」なんてパッと姿を消すと、男は「おぉー」ってなりますよ。もう、そこにいる男性全員が彼女の後を追いかけちゃうくらいの勢いの「おぉー」。

林 **飲み会に最後まで残る女はモテない**ってことですね。ところで、しつこく誘われたり、告白されるうちに全然眼中にもなかった男の人が恋人候補に見えてくるという女性は多いと思うんですが、あれはどういう心理作用なんでしょうか。

江原 **人間って、基本的に淋しくないと恋愛ができない**んですよ。そして淋しいモードに陥っているときって〝あばたもえくぼ〟というか、ただの友達がすごく頼もしい、理想の男性のような気がしてきちゃったりもするんです。食べ物に例えるのは恐縮ですけど、お腹がすいてるときは素朴なものでも、ものすごく美味しく感じるじゃないですか？

林 うんうん。

江原 そういう感覚が恋愛の場合も作用してしまうんですね。それで一気に盛り上がる。とはいえ、あまり軽はずみだと、ことが起きた後に後悔するっていうこともあり得ますよ。

林 でも女って、成り行きでそういう関係持っちゃうと、不思議と相手の男性が前より良く見えちゃったりするんですよね。軽はずみな自分に対する言い訳なのかもしれないけど。はずみで好きでもない男性としちゃった後に、自分の行為を正当化するかのように「ま、仕方ないかな、結構いい男だし」とか「彼、意外といいやつじゃん」みたいに思ったり。そこが男の人とは根本的に違う気がします。男って一度はずみでやっちゃうと、「あちゃー」とあからさまに後悔したりするでしょ。

江原　そういう女心をうたったユーミンの歌がありますよね。「うそでいい、好きだと云って」みたいな。あれなんかまさにそうでしょう。たとえ嘘でもいいから、自分のことを一瞬でも愛していてほしい、という願望の表れなんですよ。

林　そうですね。

江原　期待の歌ですね。ユーミンの歌というのは女性心理を、ものすごい鋭くついてますよね。ただね、男の場合っていうのは、遊びと本気ってすごくはっきり分かれますよ。遊びじゃない子とはまずは無難にお酒を飲むことから始めるといった感じで、慎重にことを運びます（笑）。その一方で、遊びは遊びと割り切っている男性も多いでしょう。だから、女性のほうが審美眼を持たないといけないと思います。

林　女って相手に「あちゃー」って思われたのが、すごい敏感にわかりますから。「あちゃー」を一回やられると、十年くらい心に傷が残るよね。トラウマになると、次の一歩を踏み出すまでに五年くらいかかるかもしれない（笑）。

江原　だけど、玉砕覚悟でぶつかるとか、前に進む行動も大事じゃないですか？

林　でも「あちゃー」って、思うのも思われるのも辛いですよね。

江原　それは確かに辛いですよね。だから、もう、上手に流していくしか方法はありません。

林　上手に流すとは？　よく「私ってなんか、すごくモテるんだけど長続きしないの」って女の子がいるじゃないですか。私としては「それは、単に遊ばれてるだけでは……」と思うんだけど、彼女の中ではすごく美化されていて、「なんかうまくいかないのよね、私たち」とか言っちゃうの。そういうことですか？

江原　その女性は思い込みが激しいタイプかもしれませんが、終わった恋を彼女なりに流していると思います。つまりは〝**思い出に変え上手**〟**な女性が強い**ってことなんです。カウンセリングしていたときも、幸せな恋を掴んでいく女性は、いい意味で流し上手なんですよ。あのね、**引きずる女性は幸せになれない。**

林　終わった恋をいつまでも引きずる女ってことですね。

江原　そう。辛いのはわかるけど、三年も四年もずるずる引きずっていると、前に進めなくなってしまいます。

林　かと思うと、恋愛絡みの修羅場を何度も起こしているのに、結婚して幸せになった今では「え、そんなことありましたっけ。それがなにか？」みたいに何もなかったかのように振る舞う女性もいますよね。どんなに憎しみ合ったとしても、終わったこととして済ませられる。実は、そういう人が一番強くて、幸せを掴むわけか。

江原　最強ですよ。ほんとにそうです。だからね、引きずるんじゃなくて、**切り替え上手にならなきゃダメ。**

林　過去は過去、と。

江原　そう。でも遊び人みたいになれって言ってるんじゃなくて、要するに気持ちを上手に切り替えるのが大事ということです。

自分本位の勘違い恋愛は、飽きられるのも早いもの。

林　女性心理でもうひとつ不思議に思っていることがあるんですよ。人にはそれぞれ好みのタイプがあるじゃないですか。顔だったり、雰囲気だったり。ただ、そのジャスト・タイプの人には、なかなか巡り会えないわけです。だから妥協しながら、好みの線に近づくよう、相手に求めるものをさりげな〜く軌道修正していくでしょう。あのメカニズムってすごいと思うんです。

江原　なるほど……。確かに妥協しなければならない点があったとしても関係を続けてしまうかもしれないですね。マッサージに例えるとわかりやすいかもしれません。つまり性格面では相性がイマイチな施術師でも、技術的に上手だったらやっぱり受けちゃう、みたいなのと同じ原理で。

林　受けちゃう、受けちゃう。

江原　そして多少高くても、ですよね。本当は黙ってマッサージに集中してほしいのにお喋りしながらやられると、「あーこの人、せっかく巧いのになぁ」とかガッカリしながらも。でも上手だから、やっぱり次も指名してしまうわけです。

林　だめんず的な女性にもこのタイプが多そうですね。なんでこの彼？　と思う男と付き合っている人、いるじゃないですか？

江原　性欲と愛を混同しちゃったりすると、ますます大変ですよね。日ごろ満たされていない人だったら、ズルズルと関係を続けてしまうかもしれないですから。

林　単にホルモン過多で、とにかく誰でもいいという女好きの男なのに、「だって彼、私のことをこんなに愛してくれるんだもん」と浸ったりしてね。周囲の人はみな、男がセックス目当てと気づいているのに、当の女性だけが恋愛していると思い込んでいるわけですよ。

江原　ホルモン系と愛情系を見極めるのが不幸と幸せの分かれ道かもしれませんね。ホルモン系が愛情系に結びつけば恋愛成就するんでしょうけど……。

林　何かの雑誌で読んだんですけど、ベタベタして靴下履かせるような夫婦はほぼみんな別れているそうですよ。

江原　僕もそうだと思いますよ。本当に納豆みたいにくっついていて、離れないラブラブなカップルほど別れも早い。

林　ベタベタしているのは、自分たちの姿を人にも見せたくてたまらないんですよね。恋人と愛し合っている自分が好き、という自己愛の裏返しでベタベタしている。**自己愛の強すぎる人って恋愛に向いてないいんじゃないかな。**

江原　絶対に向いてないですね。

林　〝私が幸せになりたい、私が素敵な暮らしをしたい〟ということにばかり気持ちが向いていて、パートナーや恋人に対する思いなんて二の次。周囲にどう見られているかなんていうことばっかり気にしていても続くほど結婚生活は甘くない！

江原　そういう人は、極端なことを言えば、動くマネキンを恋人代わりにするくらいでないと、すぐに飽きちゃうんじゃないですか。おもちゃで遊んでいた子どもと一緒で、恋心が突然ぱっと冷めるんですよ。「あー楽しかった」って、瞬時に終わっちゃう。

林 男でも女でも、好きになった人が自己愛の強い人間かどうかをちゃんと見極めないとね。……っていうか、そもそもモテない女というのは、そういうタイプなんでしょうね。

おじさんからうつったオヤジ臭が、モテない女を作り出す!?

江原 若い子がファッションみたいに、おじさんと不倫するじゃないですか。結婚前にちょっと寄り道、みたいな感覚で。普通に同世代の男の子と付き合っていても恋の切なさってそんなに経験できないわけでしょう。だけど不倫っていうのは男にとっても女にとっても、劇的に楽しいんでしょうね。禁断の蜜の味というか、**タブーを犯すスリルのようなものがスパイスになると誤解している**ようです。

林 好きなときに会えない切なさとか、違うドキドキが入る。で、ドラマを作れる。「君のこと愛してるんだけど、クリスマスは子どもと過ごさなくちゃいけないからごめんなー」とか謝る家族持ちの男に「いいのいいの」とか言ってさ。

江原 やけにリアルですね(笑)。

林　それで、おじさんが「君のことばっかり思ってるんだ」とか何とかうまいこと言うわけ。会えない辛さを前面に押し出して。ほんとに好きなんだけど結ばれない辛さっていうのは劇的に胸をときめかすものなんじゃないですか？

江原　若い子がおじさんと付き合うのにはパターンがあると思うんですよ。それなりのステイタスのあるおじさんと付き合ったりするじゃないですか。僕は、そういう志向には反対です。何て言うんだろう、そのおじさんと付き合うことによって、〝おじさんオーラ〟がうつっちゃうんですよね。

林　おじさんオーラ⁉

江原　そう。そうするとね、おじさんと別れた後に若い男性と付き合ったとしても、おじさんからうつったオーラはすぐには消えないの。

林　このときに染みつくのが、〝オヤジ臭〟ですね。

江原　**そういう不倫臭が、嫌なモテない女を作る**可能性がある。

林　わかります。前に、金持ちのオヤジと付き合っている女の子と中華を食べに行ったのね。若い子向けだと考えて「野菜炒めと酢豚と……」とオーダーしようとしたら、彼女は「ここはフカヒレと北京ダックが美味しいんですよ」とか言うわけ。私が若いころはフカヒレなんて食べさせてもらってないけど、彼女はいつもオヤジに連れていってもらってるから、そういうオーダーがすらっと出てくる。……っていう嫌な感じがさりげなく出ちゃうんですよね。本人は気づいてなかったと思いますが。

江原　それがオヤジ臭ですよ。なぜか、すべて悪い意味で出てきちゃうんだよね。でも、そうとは知らず、ステイタスのあるおじさんと付き合うといろいろなことを教えてくれるとか、すごくプラスになるような気がするでしょう。恋愛プラス、カルチャーセンターみたいに感じるのかもしれません。

林　いわば恋愛マナースクール（笑）。

江原　確かにマナーは学べるけれど、その不倫臭はしばらく抜けないからね。

林　それじゃあ普通のおじさんはどうですか？　職場の上司とか。ちょっと無理して二人で街角のイタリアンレストランで食事をして、「ごめんな、何もしてあげられなくて」って謝られる、みたいな。

江原　それは、侘びしいオヤジ臭がついちゃう（笑）。

林　どっちにしても、ステイタスはあるけどいやらしいオヤジ臭か、侘びしいオヤジ臭がついちゃうわけね。

江原　しかもそれが、セックスとかにも出ちゃったりするから大変なんですよ。**特に女性は相手の性質が髄まで染み込みやすい**から。

林　女は染まりやすい、と。

江原　そう。セックスだけじゃなく、普段の所作にも表れるんです。男性がタバコを取り出した途端にマッチをすったりとか。

林　しかも反射的に両手でタバコを囲んで火をつける、みたいな？

江原　席を立つときに思わずグラスにコースターで蓋をする、まではしないにしてもね。

林　キレイなまな板でも一回魚を切ると、その匂いが染みついちゃうみたいな感じですよね。だけど、自分ではオヤジ臭が染みついてることが理解できてない。

江原　自分がニンニクを食べたにもかかわらず、その匂いに気づかないのと同じくらいに気にならなくなっちゃったら危ない。漂白に時間かかりますよ、ほんとに。

林　若い子だと特にじゃない？　オヤジに高級クラブとか会員制のレストランに連れていってもらって、美味しい和食やスッポン、フグなんかを食べさせてもらうと、「若い子と付き合っていたら、こんな楽しみ教えてもらえない！」と素直に感動しちゃうでしょ。〝フグもスッポンもフカヒレも、染みつくものだと思え〟ですよね。

江原　美味しいのは幸せだけどね。でもね、知っちゃいけないことってありますよね。

知ったがために、不幸になることもある。

林　若いうちに、あんまりすごいセックスって知らないほうがいいかもしれない。知性も理性も何もかもなくすようなハードなセックスよりも、若い子とのほどほどセックスのほうがいいと思う。オヤジに調教されちゃうと、かえって後で不幸になるでしょう。

江原　確かに。そりゃフグもスッポンも美味しい。だけどそういう味を知らなければ知らないなりに安価で美味しいものってあったはず。若いうちはなかなか軌道修正できないでしょう。大脳があまり働いてないから(笑)。

林　そうよね。高級ホテルの一番いい部屋でおじさんとセックスなんてしたら……。

江原　同じくらいの年の恋人と格安旅行でハワイ、なんて物足りなくなります。

林　でもね、そういうのはオヤジの金じゃなく、自分のお金で知ったほうが喜びも大きいと思うんですよ。

江原　そうですよね。不倫相手のお金でなんて本当の幸せは掴めないと思います。結局、〝依存〟ですから。人生は責任主体。仕事があって親友がいて、恋人がいて、それで自分の暮らしに責任を持てるのが一番の幸せなのですから。

愛のあるタッチ&ハグこそが、女性のエネルギー源となる。

林　そうは言っても、今また時代が変わってきているでしょう。**女性にとっては自分が幸せかどうかよりも、他人から幸せに見られているかが割と重要なんです。**　第一線で活躍していて、その上「素敵な旦那と可愛い子どももいる」っていうプライベートの姿がテレビに出ている人気女優さんがいますよね。彼女のおかげで、それこそがオンナの幸せのベストなカタチであるという価値観が最近の女性には刷り込まれちゃってる。負け犬という言葉が生まれて以来、いくら「仕事もあるし、お金もあるし、すごく幸せ」と自分では思っていても、他人から見て可哀想に見えるとなるとやっぱり幸せには感じられないこともあるんですよ。四十歳過ぎてシングルで頑張るワーキングウーマンの淋しいこと。

江原　え、でも、恋愛さえしてればいいんじゃないですか。

林　先生、恋愛渇望症?　今、恋愛したいなと思ってるでしょう?

江原　いえいえ(笑)。でも四十代シングル女性が仕事してて〝痛い〟って言っても、その人が恋愛してたら、周囲に痛さは感じさせないんじゃない？　だから〝痛い〟って言われる人は、やっぱり〝恋から遠ざかっているオーラ〟が出ているんだと思う。本当に燃えるような恋をしてたら、淋しさなんて漂わないから。たとえ片思いでも、人を愛してる人は幸せそうでしょ。だから**ポイントはね、恋愛が成就してるかどうかじゃなくて、誰かを愛しているかどうか**ですよ。

林　女性の場合は愛されてる、じゃなくて？

江原　**愛されるのもいいけど、愛するほうが重要**ですよ。

林　でも片思いはねぇ。多少向こうから愛されなきゃ、一方的な思いというか、ストーカーになっちゃいますよ。向こうも愛してくれて、こっちも同じくらい愛している、がベスト。

江原　片思いは第一段階ですね。第二段階で恋が花開くというか、双方の思いがマッチする。要するに**〝愛している&タッチ〟があると女性はものすごく幸せで、美しくなっていく**と思いますよ。

林　ほんとにそう。二人の気持ちがお互いにぱっとはじけたときって、人生最高のときですよね。女性は見た目も最高に美しくなるし。結婚前の女の人ってほんとにキレイですよね。私がエステの先生に言われたのは、「とにかく好きな人見つけてね」ということ。デートする程度でいいから。デートの支度中に鏡を見て、「どうしよう、あと一時間で彼に会うのね」と思うときに、すでにホルモン値がぶわーって上がっているから、と。

江原　セックスを求めているとかじゃなくても、きっとホルモン値は上がるんですよ。あと「この人に触りたいな」って思っている人って、見た目でわかりますか？

林　わかるかもしれない。逆はどうですか？　猫が触られたいっていうような感じが出ちゃっている、〝触られたい〟と思っている人って見かけでわかるものかしら？

江原　大体わかりますよ。触る、いわゆるタッチというのは重要です。好きな人と皮膚が触れ合うだけでもホルモンの分泌があるはず。若いカップルが手をつなぐでしょ。**手をつなぐという意識って、そこでひとつのエクスタシーがあって、ホルモンの分泌がされているんじゃないかと思いますよ。**セックスと同じような効果があるんだろうなあ、とは思います。

林　それはあるかもしれない。腕が触れたり、肩を抱かれるとかですよね。ドキドキすることもあるし、穏やかな気持ちになることもあるし。子育て中のお母さんは、赤ん坊を抱っこしてあげるとかでホルモン値が上がっているんだと思います。お子さんがいて眠れないくらいに忙しいときなのに、確実にキレイになっている人、いるでしょう。

江原　だから、人間も触れ合うことは大切。もちろん、そこに愛がなきゃダメなんです。

林　女性は、特に三十代で誰かに触られている人と触られていない人の差はハッキリしそう。二十代の子はまだ肌もぴちぴちしてますけど、それでも差が出るもの。

江原　二十代の子は触られなくても自らの力でお肌もそこそこはじけてるから（笑）。

林　つまり、三十歳近くになったら、大切に触ってくれる男を用意しておきましょうってことですよね。

江原　年をとればとるほどエネルギーが落ちちゃうでしょう。生まれたときがピークで、あとは枯れていくわけ。それは自然なことだけど、そのぶん三十代あたりからはエネルギーを外的に補っていかなければならなくなるかもしれませんね。

林　どう補うかというと？

江原　それはやっぱり、愛のあるタッチ＆ハグなんですよ。もちろん、体だけではなくて、心のタッチ＆ハグも大切ですよ。

Q.01

林真理子↓江原啓之への質問

そもそも、なぜ人は恋に落ちるのでしょうか？

Q.01

A.01

人間は本来淋しい存在だから、
人とつながっていたいもの。

他人に愛されることで自分を肯定できるし、
その相手に無償の愛を捧げることが人としての
喜びにつながるから、恋をするのです。
誰かを愛することは時に痛みを伴うことがありますが、
自分をなげうつ愛には自己に内在する神が輝くのです。

A.01

Q.02

林真理子↓江原啓之への質問

恋にゴールはありますか？

Q.02

A-02

多くの人が恋愛の終着点に結婚があると思っているようですが、結婚は新しいスタートでもあるのです。

恋愛で感性を磨き、学んだのに続き、
今度は結婚で忍耐が学べるわけです。

女性は恋愛をいくつも経験するうちに、理想と現実の折り合いをつけるバランス感覚を養います。

つまり恋愛を体験するほうが、より大きなハッピーを手に入れる可能性が高くなるのです。

A-02

メス化する

Chapter 03

「女もすなるオシャレというものを
男の僕もしてみむとてするなり」とばかりに
眉を整え、服に気を使う最近の男たち。
女をいちいち口説くのは面倒な彼らは、
追われて、押し倒されるのはOKとか。
男性の中性化が加速しつつある昨今、
男女の立場が逆転する日は遠くなさそう。

オトコたち

Chapter 03

メス化するオトコたち

江原啓之（以下、江原）　過去のカウンセリング経験から言うと、やはりセックスの相性の一致って大切だと感じます。でも、最近は男のほうがムード作りが下手になっている印象を受けます。

林真理子（以下、林）　どうして、そうなってしまったんですか？

江原　ほとんどの男性が日常生活で、母親や他人に世話してもらって育ってきたからでしょう。だから最近の若い人、特に男の子は他人にサービスするのがすごく下手なんです。

林　その上、ＡＶばっかり観てるから、女の人がものすご〜いことをしてくれるんだって間違った認識でいるの。セックスするときには女性がＡＶ通りにあれやこれやしてくれるものなんだ、って。

江原　こういう露骨な話をしちゃってもいいの？（笑）　最近の男性は、すごく淡泊になってると思いますよ。よほどの女好きで、女そのものを愛してるような男性ならものすごく愛情を感じるサービスをしてくれるかもしれないですけど。でも、そうではない場合は本当に接続するだけのセックスでしょう。

林　今は女の子のほうが情報多いし、たぶん経験も豊富ですからね。二十代の若い男の子はきっと、同年代の女の子に比べてずっと性的には未熟ですよね。

江原　最近、なんでしたっけ、ペット……。

林　ペット君？　ペット化現象？

江原　ペット君なんていうのが多いんでしょう？　でもさ、ペット君でムード作りが上手なんてあり得ないと思うんですよ。

林　確かに（笑）。私は、結婚したての夫婦が馴れ初めなどを語る公開トーク番組がすごい好きで、よく見ているんですが……。最初のデートはどこでしたかという質問に、「彼はドライブに誘ってくれたんだけど、私が『それよりホテル行こう』って誘っちゃいました」って普通の子が平気で言ったりするんですよ。

江原　女の子が⁉

林　新妻がテレビで。しかも「彼どうでした？」って突っ込まれようものなら、「あんまり巧くなかった」とあっけらかんと答えちゃう。横で聞いている男性のほうも怒るどころか、

「僕初めてだったものでー」だって。で、奥さんがまた「私はそのときにはもう八人くらいと経験がありました」なんて暴露しちゃうわけです。親御さんも見ているだろうけど、そういう点は全然気にしないのね。感覚が違うんだなと思わされます。

江原 その番組は結構、現代の男女関係の勉強になりますね。

林 世の中ってこんなにえげつないんだ、と実感できますよ(笑)。

ハンター魂はもういらない！ ビューティーに精力を傾ける男たち。

江原 少し前にある産科医の先生と対談したんですよ。その先生がおっしゃるには、大脳教育をしすぎるから最近の若者はダメなんですって。極端なことを言えば、学校には行かないほうがいいんだという論理。いろいろ詰め込んで、大脳教育をしすぎた影響で、男の精子は薄くなるし、セックスもできなくなっちゃうって。

林 そんなんじゃあ、子どもができなくなるじゃないですか。これからは大脳教育をやめて、男は本能のままに、ハンターにならなきゃいけないということでしょうね。

江原　そうみたいです。大脳があまり発達すると、人間が本来備えていた動物的な本能は衰えちゃって、セックスしようなんて気にもならなくなるわけです。今は男もエステに行く時代ですし、**女性を追うより自分自身の身づくろいのほうが大切なんでしょう。**個人的には、そういうのは男子としてはいかがなものかなぁ、と思いますが。

林　今どきの男の子の美容にかける意気込みはすごいですよね。もう眉を整えて当たり前。身だしなみ以前というか、歯みがきと同じレベルで身についているんでしょう。みんな、どう描いてるのと思うくらいキレイなシェイプになっています。女の私が見習いたいくらい（笑）。

江原　普通の男性で、テレビなどのメディアに出ているわけでもないのに……。

林　でもそれが当たり前になってるんですって。ほら、甲子園で汗にまみれてボールを追う熱血の野球少年たちだってみんなやってるじゃないですか。坊主頭なのになぜか眉はキレイ、みたいな。昔、冬季オリンピックのジャンプ代表に選ばれた選手が眉を整えているのを目の当たりにしたときに、日本中が驚いたでしょ。天下の「天声人語」でさえ、〝あの眉はどうなのか……〟と書いていました。あれがみんなにショックを与えた第一号みたい。それが今はもう全然、驚きなんてないですから。サッカーや野球、陸上界などで活躍するスポーツ選手も若い子たちはみんな、眉の手入れをしていますよね。髪の毛のカラーリングだって、シャンプーするのと同じ感覚。

江原　だけど一般の男性がなにもそこまで……、地デジ対応する必要もないのに(笑)。でも女の人にとって、男性の眉毛がキレイなのってそんなに魅力的に見えるんですか。女性はみんな眉フェチなんですかねぇ？

林　それは人によって違うんじゃないでしょうか。剃った眉は生理的にNGという女性もいるし、ゲジゲジ眉の男性は嫌いという女性もいますよ。ただ、眉って顔の中ですごく目立つパーツなんです。だから、ちょっと眉をいじっただけで顔そのものが変わったような印象を与えちゃうの。

江原　眉毛を描くだけで、〝いかにもメイクしました〟という顔になりますもんね。

林　ガールフレンドとか奥さんにアドバイスされて、眉を整える男性もいるんじゃないかと思いますよ。

江原　男はもう全然、されるがまま。ところで、男性用化粧品ってやっぱり売れているんでしょうか？

林　売れてる！　すごい売れてるってメーカーの人に聞いたもの。

江原　じゃあ、これからの男性は眉がキレイなだけじゃなく、お肌もツルツル、なんて時代になるのかもしれませんね。

林　そこまで行くと男も女もあまり変わらない。**最近はどんどん、性差がなくなっている**と思いません？

江原　昔は年をとっておじいさんとおばあさんになると男女の区別がつかなくなるものだったけど、それが今は十代ですら区別しにくくなってきていますね。

セックスのためなら、
土下座もＯＫな色男と色女。

林　性差がなくなっていることが大きく関係していると思うんですけれど、最近は恋愛における男女の立場が逆になってると思いません？　**女性が狩人になってるような気がします。**

江原　男性が獲物？　気弱なウサギちゃんなんですね（笑）。

林　また先ほどの公開トーク番組の話になりますが、どう見たって体重八十キロ以上はありそうな巨漢の女性と神経質そうな男性の夫妻が登場したのね。この夫婦は職場が一緒で、何がきっかけでお付き合いが始まったかを尋ねられたら、「職場の飲み会があって、私だけぐでんぐでんに酔っ払って残っていました。それで朝起きたら裸になって彼の横にいたんです」と。司会者が「まさか、あなたは彼を狙ってはったんですか？」と突っ込むとすかさず、「はい、勝負下着を着てました」なんて明かすわけ。くだんの夫は一応、横で困った顔をしてましたけど。

江原　勝負下着で本当に勝ったんですね。

林　割とたやすくね。すごい古典的な手口ですよ。酔いつぶれて最後までなんて、私たちの世代ですら学生のときにやっていたような手口じゃないですか（笑）。でも昔よりも今のほうが男性が簡単に引っかかっているような気がします。

江原　ただ、今どきの子は男も女も確実に何かが違いますよ。

林　いろいろ計算しているんですよ。もう、びっくりするくらい綿密に。

江原　でもそれが女性にとって幸せなことかっていうと、そうじゃないと思いますよ。ドキドキの過程を味わうという恋愛における楽しみがないわけじゃない？　だから射止めても達成感がないというか、射止めたところで満足につながらないというか……。だから、いくつもの恋を同時並行的にしたりするでしょう。今の女の子たちの中には何股もかけている人もいるとよく聞きます。

林　意外にね〜。**もはや、二股、三股は男の子の専売特許じゃなくなってます。**

江原　女の子のほうが計算してるし、男の子はますます押しに弱くなっているよね。

林　私は昔から渡辺淳一先生に、「いい男ほど押しに弱いんだよ、林くん」ってはっぱをかけられていました。そういえばこの間、すごいハンサムな男の子に会ったのね。それがほら、なんて言うのかな、あんまりオスの匂いがしないキレイなタイプの子で、女の子に押されると弱いらしいの。「もしかして女の子に迫られると弱いほう？」と聞くと、「ええ〜っ、なんでわかるんですか？」と素直に教えてくれちゃうほど(笑)。ああいう男の子を落とすのは、たぶん楽なんだと思うわ。自分のキレイさを理解してはいるのに、すごく淡々としてるんだもの。

江原　そういうタイプの男性は案外、自分の価値をよくわかってないと思う。それに、美貌を有効活用してやろう、なんて欲すらないんじゃないかな。いかにも今どきの男の子って感じの子でしょう？

林　それは女性にも言えるかもしれない。キレイな女性が、意外な風貌の男性と歩いているることってありますからね。いかにもキレイな女性って、どうしても高嶺の花になってしまって、なかなかアプローチされない。そんな中に真っ正面から立ち向かってくる男性がいたら、それは白馬の騎士に見えるのかもしれませんね。

江原　だから、**真っ正面から攻めるべきときにはやっぱり、大脳を働かせてはいけない**んですよ。動物的なホルモンとかＤＮＡの導きのままに突っ走ったほうがいいのかもしれません。とはいえ、反対に言えば、「いい女も押しに弱い」ということになるんでしょうか。

林　確かに。だから、いい女を落とせる色男はみんな、恋のテクニシャンだと思います。私、『本朝金瓶梅』という小説を書いているときに、**本当の色男というのは「心にもないことを心から言える人」**だと発見しましたから。

江原　心にもないことを心から言える、すごいなあ。そういう男性は真の女好きなんですよね。やっぱり好きな人のためだったら、どんなことでも口に出せてしまうんでしょう。

林　以前ね、小説を書くために、さる財閥系の御曹司で希代のプレイボーイっていう人を紹介してもらったんですよ。「僕の友達で病的に女好きな奴がいる」という触れ込みの男性でした。そのプレイボーイに、女性関係のお話をうかがったんですが、〝本当に相手としたかったら土下座する〟んですって。そしてね、土下座すれば女は大抵ヤラせてくれるんですよ、とか。

江原 好きだからできるんでしょうね。誰もがプレイボーイと認める男性は、よくよくホルモン分泌が活発なんですよ。つまり、そっち方面の欲求がものすごい。これが性的に淡泊な男性だったら、土下座してまでとはまず思わないからね。

林 プレイボーイが言うには、土下座された女性のほうはスポーツとしてお手合わせしてもいいような気持ちになるそうですが。

江原 といっても、それでもホルモンの働きがかかわってきますからね。こればっかりは淡泊な人には真似できない。

林 私なんか生まれつきホルモン分泌が少ないからね(笑)。

ハンター女と逃げない男、二人が生み出す微妙な関係。

江原　女性が狩人になって男性を射止めるわけですよね。その状況ですと、男はもう完全に獲物であって、オスの本能を発揮することが難しくなりますね。男性が常に受け身という状況は性欲の面とか考えると悪循環と言ってもいいと思います。つまりハンターである女性から「さあセックスするわよ」と言われたからといって、男性はすぐにセックスできる状態になるわけではないんですよ。男性側が受け身となる恋愛関係が何度も続くと、性的に機能しなくなる可能性も高まります。以前カウンセリングをしていたときにEDで悩む男の子の相談が何件もありましたよ。すごく露骨だけど、自分でやると勃つんだけどという症状は多かった。

林　女の人を前にするとダメなんだ。女性が怖いのかなぁ?　女性がハンター化したことで、〝男性が本来持っていた〝種の保存の本能〟が弱くなってしまったのでしょうか?　恋愛関係において男女の立ち位置が逆転しすぎたことで、さまざまな問題が噴き出しているようにも感じます。

江原　さっきも男の子が中性化しているって話をしたでしょう。若者の間でもEDが絶対増えていると思いますね。もしくはセックス面がすごく弱くなっている気がします。

林　日本ではだから少子化が進むわけよね。性欲がなさそうな顔をした男の子って、いっぱいいるもんね。

江原　やっぱり、大脳教育がいけないんですかね？

林　**自然の繁殖力のすごさを思い知らなきゃいけないんだ。そのほうが〝生〟のパワーがある**ということになるから。

江原　知り合いで、芸大で教えている声楽家がいるんですよ。彼が言うには、昔はテノールとかは壮絶な努力をして、長いこと訓練してやっと高い声が出せるようになっていたんだそうです。それなのに、今の学生は努力なしに楽々と出るんですって。

林　ってことは、声帯すらも女性化し始めてる？

江原　食事なのか、環境ホルモンの影響なのかはわからないけども、今どきの男の子は高音なんてひやらひやらと結構、簡単に出せちゃうそうですよ。

林　本当？　それ、すごい。

江原　もはや高音勝負で云々なんていう時代じゃないらしいです。

林　別にカストラートとか、去勢とか何にもしてなくても普通に出ちゃうんでしょう。すごいことだとは思うんですが、男の子たちの今後を考えると、内心ちょっと不安な面もありますよね。

江原　そう。だから**これからの男性にとっては逆に、〝雄々しく〟といった言葉で表現できるパフォーマンスかどうかが問われる時代になる**かもしれません。

林　バスの低音域で歌える男の子が必要になりそう。そういう雄々しい男の子はそのうち稀少価値が高くなって、女の子をがっぱがっぱ独占しちゃうようになるのかも。女性も、中性化した男と中途半端な恋愛して、結婚まで行き着いたとしてもやがて中性的な性生活じゃ満たされなくなるんじゃない？

江原　社会に出て、仕事で徹夜、睡眠時間もろくろくとれない毎日。そんなことばかりに精力を使い果たして、帰ってきてバタンキュー。奥さんの相手とかしてられないし、ますます中性化が進むしという負のスパイラルが完成しそうです。

林　そうなると、女性は自らの欲求を満たしたくなるでしょう。大脳教育で中性化が進んだ結果、主婦の浮気が増えるなんて事態が起きかねませんね。

江原 男は日々、大脳で生きてる人が多いようだから、私生活においてまで大脳的な付き合いはしたくないのでしょう。だから知的な女性が苦手。恋人とか奥さんに頭を使うことをいろいろ要求されると自分の世界に逃亡しちゃう。〝自分大好き〟な人が増えてるのも、それが原因のひとつかもしれない。そこには恋愛の入り込む余地はないんですよ。

恋愛は疲れる？
今どきの男の子は〝自分大好き〟。

林 渡辺淳一先生が以前、「自分の人生を振り返ったとき、めやすになるのは仕事ではない。恋だ！」と素晴らしいことをおっしゃっています。つまり、二十五歳のときにどう生きていたかを思い出すのは、どんな仕事をしていたかではなく、どんな女と付き合っていたか、ということなんですね。私も同感です。**誰を好きになったかって、やっぱり人生の大切なメモリー。**結婚するとそのメモリーの集積が大雑把になるんだけど、人によっては結婚後しばらくするとまた少しずつ集まり始めたりすることもあります。

江原 でも、恋だけにのめり込んだことのある世代って、もう消滅しかけているんじゃないですか？

林　そうですよね、今の十代とか見てると、疲れることはやらないって子が多い。最近、車が売れなくなったんですよね。昔は女の子を追っかけるために必死でお金貯めて免許取ってあの車を買うぞと男の子たちも燃えてたけど。最近の若者はそういう興味はないの。何に対しても「別に」みたいなスタンスなの。かったりぃ、といった感じだもん。

江原　それに車よりエコロジーが大事、とか言ったり。もちろん、それは大事なことなんですけれど、恋に必死になるよりエコバッグを持つほうがカッコいいという考え方はどうかと思いますよ。

林　あと男同士でつるむんですよね。サーフィンに行ったり、温泉スパに行ったり。男同士だと気を使わなくっていいのが楽なんでしょうね。周りにいる仕事関係の男の子たちや親戚の男の子を見ていても、ほんとに行動が女の子っぽい。男同士でお洒落してつるんで。

江原　良く言えばガツガツしていないってことだけど。昔の男の子は『ＰＯＰＥＹＥ』のデートマニュアルを熟読していたものですが、ああいう恋やセックスハウツー特集みたいなの、最近見かけませんしね。

林　懐かしいー。もう二十年前、当時の男の子たちはみんな、恋愛ハウツー特集でデートのテクニックを学び、ほんとにあのマニュアル通りに頑張ってくれてたでしょう。クリスマスイブの十日前とか一週間前の人気レストランは、予行演習する男の子で混んでたらしい。つまりはみんな、ダンドリ君だったんですよね。今は、そんなこと絶対しないでしょ。当時、『Ｈｏｔ‐Ｄｏｇ ＰＲＥＳＳ』の悩み相談コーナーで北方謙三先生が「うるさい！ つべこべ言うな、女ども」とか「男はとにかくソープへ行け！」みたいな猛烈な檄を飛ばしてたけど、あんなのはもう流行らない？

江原 流行らないでしょう。今どきの男の子にはもうちょっとソフトで、なおかつギャグもちゃんと効いている、例えばリリー・フランキーさんあたりの言葉が響くんじゃない？

林 今の時代のカッコいい男代表が、リリー・フランキーさんか。

江原 **今の時代の二十代後半くらいの男の子って、見てるとすごい植物的なんですよね。** ほんとに植物的。

林 最近の男の子は女の子を口説かないんですって。恋人ができた男の子にどうやって口説いたかを聞いても、「別に」とか「なんとなく適当に、流れで」みたいな感じなの。

江原 へー、そうなんですね。

林 自然の流れで、女の子が「ほら」と男の子をリードしちゃってるみたい。最近、二十三歳の女性と付き合い始めた三十代の男性編集者が知り合いにいるんだけど、鎌倉にドライブして有名店のカレーライスを食べさせながら口説いたらしい。

江原　ベタですね〜。

林　彼が言うには今どきの若い男の子は、そういうベタなことなんてしないんだって。同世代の男子は、「そんな遠いところまでわざわざ行くのなんて面倒くさい」と思ってるから、頑張る三十代男性とのデートが新鮮でイチコロだったみたい。

江原　若い男子はもうすっごい植物化していますね。みんな、すごく優しいんですけど、たくましさとか性欲みたいなのは全然感じられない。何の欲があるんだろう、と時々思ってしまうこともあります。

林　ゲームとかファッションですか？　物欲はあるみたいだけど、車は買わない（笑）。二十年前の男の子たちはいい車に乗るためにバイトを頑張って、イブには恋人をシティホテルに連れていって、ティファニーの小さいアクセサリーを贈って。バブル時代が男性の最後のエネルギーの焔だったのかもしれませんね。

江原　燃え上がってポトリ、線香花火が落ちたって感じ。

林　その一方で**女の子は時代とともにどんどん貪欲になってる**でしょ

う。グルメにエステに高級ブランドのバッグや靴に旅行と欲しいものが無限にある。だから彼氏がいない女の子同士で旅行に行ったりするわけ。

江原 でも、さすがに男同士で旅行には行かないんですよね？

林 いや、知り合いの編集者は行ってますよ。二人とも三十代男性で、趣味のサーフィンのためにハワイとか中国とかいろいろと旅してる。

江原 そういう目的があれば、納得。目的もなく男同士でって、怪しまれそう（笑）。

林 だけど、今どきの十代、二十代の男の子になると一人旅もしないの。休日に何をしてたかと聞くと、何もしてないんです。いようと思えば一人で家にずっといて楽しく過ごせるし、でも一歩外に出れば別に帰りたいとも思わないらしいの。あらゆる方面で欲が低下しているみたい。

江原 専門的なことはわかりませんが、やっぱりホルモンの分泌に何か問題があるのかもしれませんね。

林 世界的な傾向なんでしょうか。

江原 環境ホルモンの問題がこんなところにも及んでいるのかもしれませんね。

オンナの

Chapter 04

最近、女性に叱られたい男が増加中!?
それに伴って増えているS女ですが、
男女ともになにか勘違いしているような。
かつて日本にいた「粛々と男をたてつつ、
締めるところはきっちり」が上手な、
Mの皮をかぶったS女こそが女の鑑。
そんな女性が恋にも仕事にも勝つのです。

"S"現象

Chapter 04
オンナの〝S〟現象

林真理子（以下、林）　男の子の植物化や中性化がちょっと心配になってきた一方でもうひとつ気になっていることがあります。それは、女性に上位に立たれることを喜ぶ〝M男〟です。最近、M男が増加してるような気がしませんか？　テレビで見たカップルなんですが、夫が馬の調教師だったんです。その彼がすっごくうれしそうに「僕は妻に調教されるんです〜」なんて言ってるの。セックスの最中、妻から「そこ、ちゃうで！」とかいつも怒鳴られちゃうんですと言いながら、それだけでものすごくウキウキしてるの。女性に「ダメ！」と言われてキャンキャン、みたいなM系男子は確実にいっぱいいると思うんですけど……。

江原啓之（以下、江原）　そうなるともう、趣味の世界だからご自由に、っていう気にもなりますよね。

林　組み合わせの妙と言ってもいいかもしれません。やっぱり**S系の女性はM系の男をちゃんと見つける**んじゃないですか。

江原 そこはやっぱり、それぞれの嗅覚が働くのかもしれませんが……。

林 そうですよ。私なんかはM系だから、いっつもS系の男とくっついちゃう。過去に付き合った恋人たちも怒鳴ったりする男が多かった。

江原 やっぱり行きますかー、ふらふらっと？

林 M系っていうか、男に尽くしちゃうDNAが脈々と流れてるような気がするの。母親はもちろん、叔母たちや従姉妹まで同じタイプ、女がすごい働いて、男をいい気にさせちゃうから。もう、うちの家系はダメよ。その遺伝子が流れている以上、どうしようもないんだと思う。

江原 叱られて喜んでいるようなM男が多いというのも、男性が脆弱になっているからかもしれませんね。

林 それにしても、みんな叱られたがってるのかな？ 不思議だよね。

江原 日本は今、一億総Mの国になっているわけですよ。自分で責任を負いたくないから誰かに従いたい、命令されたほうがラクという〝指示待ち〟の人が多い。

林 だから女性のマナー本みたいなものも売れるんでしょう。手紙はちゃんと書きましょうなんて、言ってみれば常識じゃないですか。

江原　ああいったジャンルの本を買うこと自体がもう、「あなたは、お行儀が悪い。マナーがなっていない」と叱責されているようなものでしょう。

林　ただ、あの手の本を私が書いたとすると逆に「バカ」って言われて終わりなんですよ（笑）。やっぱりきちんとした経歴の人が書けば、叱られたい人が殺到しちゃう、と。

江原　それに、〝マニュアル〟がないと動けない人も多いですからね……。

林　さっき言った調教師の奥さんをはじめするS系の人って、M男と結ばれると結構幸せになるんじゃないですか？

江原　逆に言えば**今はS女性の時代です**からね。M男が増えてるし。

林　絶対にSの時代！　若い世代を見てるとすごいよ。もう結婚でも何でも、女の子が主導権握っているもん。家でご飯を食べた後、彼女から「ちゃんと皿洗いやっときなさいよ」って言われた男の子がすっごい喜んで、ちゃんと洗い始めるしね。

レディファーストと女への追従を勘違いする男が増殖中！

江原 欧米文化のレディファーストとMを勘違いしているんじゃないかな？

林 女の子の言うことをハイハイと聞くのがレディファーストと思っているふしはありますね。

江原 全くはき違えていると思います。レディをリスペクトするのと、言いなりになることとは違うでしょう。

林 **今の男の子はすっかり、女の子の奴隷と化している。**

江原 欧米における男性のエスコートというのは、包容力がそこにプラスされているわけであって、女性に追従することじゃないですからね。日本の男の子の場合はただ、助さん格さんみたいな感じで女の子の後に従っているだけ。

林 たまに言うことを聞かなかったら彼女に叱られて。でも、それもまたうれしい。

江原 絶対におかしいと思います。

林 女性の奴隷になることで「レディファーストを身につけた僕」、なんて思われたら困ります。そういう男の子に限って、エレベーターで女性を先に乗り降りさせるというマナーすら知らなかったりするし。違うだろ、お前って(笑)。

江原 レディファーストの概念がそもそも間違っているんです。それに欧米って家族それぞれの役割とかって決まっているでしょう。感謝祭やクリスマスにターキーを切るのはお父さん、お母さんのコートを脱がせてあげるのはお父さんとか。小さいころから日常でそういうマナーに接しているから、自然に身についていくわけです。日本人にはそういうベースがないですからね。お母さんが強い家庭では、ゴミ出しから何から全部がお父さんの仕事みたいな(笑)。

林 **M男が育つ下地は家庭にあるからね。**

江原 そうですね。いい悪いは別にして、目標や目的がはっきりしてる女性は強いですよね。こうなりたい、こうしたい、という理想や夢がある人はどこまでも邁進しているように思います。

林 ほんと、そう。強い人が勝っていますから。周りを見てると、**どっか〜んと成功してる人には目的意識をしっかり持っている女性が多い**ですね。私なんて、M女だから、うまくいかないの。

江原　十分、ご成功なさっているじゃないですか。林さんみたいな女性がいなかったら、この国の男は育たないんですよ。

林　そうでしょうか。

江原　S女だけの時代じゃ、これからの日本がかなり危ないと思います。国が滅びる可能性もあるかもしれない（笑）。

林　でもね、M女は悲惨ですよ。私なんて昔から男の人に本当に良くしてるのに、最後には酷い目に遭わせられるんだから。

江原　男女を問わず、林さんの優しさを鋭く見抜いていて、美味しいところだけをかすめ取っていくのかもしれませんね。

林　男だけでなく、女までもいい気にさせちゃうのね、M女は……。M女の私が言うのもなんだけど、「どうせ私、男に最後に棄てられるんだわ」って気持ちになっていっちゃう。こんなんじゃあ、ダメですよね。

江原　M女の林さんにはきつい言い方に聞こえるかもしれないけれど、ハッピーが遠のきそうな思考回路だと思いますよ。僕が思うに日本は昔から、S女がリードしてきた国なんじゃないでしょうか。最近になってS女が増えたわけではなく、昔の強い女性はS性を隠して生きてたんですよ。そういう女性はやっぱり真性のS女であって、最近の若い女の子は〝似非S女〟なのかも。

林　確かに、先生の分析通りかも。昔は男の子をアゴで使うS女って実は、相当美人でカッコよくなきゃなれなかったじゃないですか。それが今は、こんなレベルでいいんだというような、見るからに普通の子がS女のポジションにいる。もう、女だというだけで男の子たちに命令を下してもいいような雰囲気があるじゃないですか。

江原　今の子たちはすごいです。みんな、強気ですよね。

林　「あなたなんかがそんなこと言える立場なのですか」、みたいな女の子の言うことを男の子たちが「ハイ、ハイ」って聞いている。傍目で見ていて違和感すら感じるのですが、当のカップルは全く気がつきもしないんですよ。

江原　最近、カッコいい女の人が少なくなったじゃないですか。ただ、ここで言っているカッコいい女の人っていうのは、「私が、私が」と前に出ようとするんじゃなく、逆にちょっと引いてる態度をとれる人です。特に言葉に出すでもないんだけれども、目で夫や恋人を操れるっていう感じなんですよ。男性側がハメを外しすぎたりしたときに「ちょっと行きすぎてますよ」と叱責のサインを暗に送るような感じ。そのサインの出し方もまたすごく控えめで、本当のS性はそんなに他人にアピールするようなことじゃないということなんですよ。昔の女性はそういう意味でもすごく賢かったんですね。とはいえ、**一番賢いのは、Mの皮をかぶったS女。**林さんは実は、このタイプです。

林　そうかなー。

江原　真性のMだったら、今の立場にはいませんから。

林　私なんかが強気な態度を出しちゃうと男の人がすぐに離れていっちゃうような気がずっとしていたんですよ。そういう考え方をしていたから、私はM女なんだと思っていました。それにしても、男ってなんでS女に惹きつけられちゃうんでしょうか？　私はそこんとこを知りたいです。

江原　言葉は悪いんだけど、男たちがバカになっちゃったってことだと思いますよ。美輪明宏さんもよくおっしゃっていますが、今どきの人間は恥を知らない。〝恥を知れ〟なんて言葉がもはや通じないというか、真意すらわからない人ばかり。

林　そういう人ばかりなんだから、先生が日本が滅びてしまうかもとご心配なさるのも当たり前よね。

男を不幸にしてしまう、そんな自分に浸る倒錯女。

林　M女と似ているかもしれないけど、自称〝男を不幸にする女〟っているよね。私を愛したがために男たちが不幸になってしまう、私ってほんとに罪な女、とか言っちゃうの（笑）。不幸の押し売りをしてるんじゃないの、ってくらい。

江原　それは愛されてるっていう思い込みでしょう。愛されてるということが、普通の形では実感できない。まぁ、一種の倒錯かもしれませんね……。

林　今どき、そんな女いるかと思うくらい古いけど……。

江原　自分のために皆が不幸になってしまう、と思いたいんですよ。

林　「けんかはやめて♪」の世界。割と女の子が好きなシチュエーション。

江原　今どきの女の子は、男の子二人に奪い合われるという受け身な立場じゃなく、一人の男を自分好みに育てちゃうんじゃないでしょうか？

林　若い男の子ってそんなに嫉妬もしないでしょう。だから女をめぐって殴り合ったりするのはもうありえないシチュエーションでしょうね。

江原　彼らはすっかり植物化してるし、感情的に薄くなっていますから。

林　同じ女の子を好きになった男の子同士が「そうか、参っちゃったな〜」みたいに、なんとなくお茶をにごす感じで終わりそう。

江原　それか極端に走るんですよ。ニュースに出てくるように、痴情のもつれで恋人を殺してしまったとかはその例でしょう。

林　かなり極端ですけどね。若い子は基本的に面倒くさがりだから、そこまでは滅多にやらないと思う。殺すと考えること自体がもう面倒くさい（笑）。

江原　でも、恋人や内縁関係にあるパートナーを殺してしまったってニュースが最近少なくはないでしょう。あれって相手を愛しすぎた揚げ句の凶行というよりは、要するに自分のプライドを傷つけられた、とかでカッとなっただけではないでしょうか。

林　だって殺しちゃったら刑務所に送られちゃいますからね。でも、そんなことよりも自分の今の感情が大切。だから、後先考えずにムカつくままに暴力をふるっちゃう。

江原　ＤＶ（ドメスティックバイオレンス）の問題も深刻化していますが、暴力を受ける女性の中には、「怒らせてしまう自分が悪い」なんて言う人もいますよね。そんなことは絶対にないのに……。

林　それはもう、絶対に違う!!

江原　さっき話したのと通じるんですが、最近の子は恋愛の感性が鈍くなっているのかもしれません。想像力を働かせないから、何でもすぐにメールで相手に気持ちを伝えたりするでしょう。

林　相手の気持ちを確認しちゃうのが普通の恋愛術になっているわけですよね。常に連絡がついていないと不安なんでしょうね。

江原　恋愛で点呼とは(笑)。

林　**確かに恋愛の点呼とりすぎ**っていつも思いますよ。毎日、何時起床、集合どこそこ、就寝……。修学旅行じゃないんだから、ねぇ。

江原　しかもご飯を食べた、食べない、どこで食べたまで、克明にレポートするわけですから。確認するほうも、求められる側も相当くたびれると思います。

林　あんまりギチギチに縛っちゃうと、男の人って浮気したくなるんじゃないかな?

江原　それは世代によると思いますけど。今どきの男の子はM男なわけだし、恋愛の点呼もされて当然と思ってるわけですから。縛られたからって浮気心なんて湧いてこないんじゃないでしょうか。

林真理子&
江原啓之が伝授!
出会いのチャンスを掴む法則

01

恋に関しては怠け者にならない

02

「相手になる男がいない」などと絶対に言わない

03

待っているだけではダメ、が絶対法則

04/

想像力をフル回転！

06/

行動範囲はすべて
出会いの場と心得よ

07/

ムダ弾を撃っても、外れても、クヨクヨしない

08/

気になる男に誘われたら
即ＯＫのサインを

林真理子&
江原啓之が伝授!
いい
セックスの
法則

01
最初から
自分の部屋に
連れてこない

02
電気は必ず消す

03
手練手管の
テクニックは使わない

04／
女は“ケチ”であれ

05／
情報に踊らされて計算しすぎない

06／
男に余韻を残させろ

07／
挿入だけがセックスではない

08／
楽しくのびのびと！

ファーストフード

Chapter 05

恋愛

デート初日に日まで済ませる
そんな「一気呵成」な恋をしていませんか？
お手軽なファーストフード恋愛は、
恋人に飽きられてしまうのも早いもの
段階を踏む醍醐味やセックスの神秘性は、
美味しい恋を堪能するマストアイテム。
「早い、安い」はもう卒業！

Chapter 05

ファーストフード恋愛

江原啓之（以下、江原）　今の若い恋人たちを見ていると、驚くことに平気で路上キスをしていますよね。路チュー（笑）。

林真理子（以下、林）　結婚している男女ならまずしないのに（笑）。

江原　しかし、キスというのは不思議な行為だと思いませんか？　全く文化の違う東洋と西洋を問わず、唇と唇を重ね合わせるということがはるか昔から愛の証のひとつであり続けているなんて。その理由のひとつとしては、キスがスピリチュアルな意味合いを持っていることだと思うんですね。わかりやすい例にハワイの挨拶に「アロハ」ってありますよね。本当の「アロハ」は額と額を合わせて「アロハ」って言い合うんです。これはキスと同じような行為です。

林　イヌイットが鼻と鼻をこすり合わせるのに似ていますね。

江原　実はこの行為は、相手の口臭とかを含めた健康状態をお互いに探り合うっていう儀式でもあります。その究極のカタチがキスではないでしょうか?

林　なるほど〜。

江原　気が抜ける瞬間に人って口を開くでしょ。逆にエネルギーがグッとこもっているとき、人間は口を閉じるんですよ。口はエネルギーの一番大きな出入り口ですからね。呼吸というのも、鼻でもするけれど、基本は口から息を出し入れしますよね。そう考えてみると、**キスというのは相手の肉体的な状態を知るための方法でありつつ、相手のたましい(エネルギー)を知る方法**でもあるんです。もちろん、自分のエネルギーを相手に与えるという意味でも。だから、好きな相手とそうでない相手とのキスって、全く違うでしょう?

林　普通の人間関係でも、ひとつの垣根を飛び越える瞬間って、やっぱり唇へのキスから始まりますからね。

江原　唇や口元というのは、気を抜くときや気を許したときにゆるむんですよ。女性の半開きの口元が色っぽいのは、そういった気のゆるみが伝わるから。逆に口元が「んっ」って閉じているのは、拒絶のしるし。本人は意識してなくても、嫌だという気持ちが口元に表れちゃうものなんですよ。

林　なるほど。マリリン・モンローがあれだけ色っぽかったのは、口の開きがポイントだったわけだ！

江原　意地悪な魔女に魔法をかけられて百年以上も眠り続けていたお姫様が王子様のキスで目を覚ますというおとぎ話があるでしょう。眠り続けるお姫様に王子がなんでそそられたかっていうと？

林　あ、口が開いていた。少しだけど、口が開いていたから？

江原　つまり、〝たましいの入り口〟が開いているという意味なんですね。

セックスの輝きを奪ってしまう、ファーストフード恋愛。

林　恋愛がスタートしたばかりのころ、キスの記憶ってすごく幸せで楽しいものじゃありませんか？　まだお互いをよく知らず「これからどうなるのかしら？」なんて期待に胸をふくらませている状態。それなのに今の若い子ってキスしたその日に最後まで進んじゃうから、もったいない。私たちの時代は、二回目のデートくらいまではキスだけを楽しんで、その記憶を心のよりどころにしながら、家で一人になって「この先、私たちはどうなるのかな？」とドキドキするみたいな楽しみがあったし。今の人がキスもセックスもいっしょくたにしてしまうのは、ちょっと残念っ。

江原 **今の人の恋愛って、ある意味でファーストフード恋愛**だと思うんです。前菜があって、パスタが出てきて、アミューズで口直しして、いよいよメインにといった、ゆっくりと味わう楽しみを経験したことがないんだと思うんです。

林 恋もワンプレート料理？

江原 でもね、恋愛っていうのはそれ自体が非日常的な、スペシャルな出来事でしょう。食事の話に置き換えると、ちょっとお洒落なレストランや雰囲気のいい和食店に行くのと同じくらい、すごく楽しみなことじゃないですか。

林 そうそう。前菜をワインと一緒にちょっと楽しむ。お洒落な前菜というのは、この後に供される料理へのプレリュードであり、ふくらむ期待すらもスパイスになるわけでしょう。それは恋愛においても同じかも。

江原 林さんがいつもおっしゃっているけど、**恋愛は駆け引きが楽しい**んです。例えば視線が絡み合うところから始まって、キスに辿り着くまでにも段階があり、キスがあっても、またその後にいくつかの段取りをこなしていくわけですよね。**ひとつひとつのステージがものすごいドラマ**じゃないですか。一気に駆け抜けるなんて、本当にもったいない。

林　女の子はレストランで食事をしている時点から、「食事をした後、今日はキスを迫られそう」って本能的にわかっちゃう。もう触覚というか、動物的な勘というか、ピンとくるの。で、お店出たときから、「来るな、来るな。来た〜っ」って。そういう時間が実は一番楽しい。

江原　相手の男性の気持ちの高ぶりを楽しみながら、キスを待つ喜びですね。それが、今は女性のほうがいきなりガバッといってしまうらしいじゃないですか。品も何もあったもんじゃない（笑）。

林　最初のデートで彼からドライブに誘われても、女の子がホテルに行くのを逆提案する時代ですから。

江原　**セックスという行為はとても神聖なものだけど、一気に到達しちゃうとその輝きが色あせるのも早い**ような気がします。

林　そうなんですよ。それにセックスまで行き着いたら、今度はネガティブな発想が出てきちゃうものですよね。別れの不安だったり、これで棄てられたらどうしよう、うまくいかなかったら……みたいな感じで。キスだけだったらその段階で終わってもいいし、自分の意志でその先まで深入りしてもいい、またそこでじらしてもいい。**キスの段階では次段階への選択権はすべて女の人に与えられるからこそ一番楽しい**ときなんじゃないかって気がする。だから焦る必要はないでしょう。

江原　ホテルに行くより、まずはドライブを先にしておいたほうが恋の楽しさをより長く味わえるということです。

林　キスからセックスに移行するまでの間って、男の人が全エネルギーとお金を注入してくれるから、女がもっともっともわがままを言える時期だと思う。ワンプレート女って、女として一番楽しい恋愛期間をすごく短くしてるんじゃない。一年とは言わないからせめて、半月ぐらいは、キスだけで済ませるとかにしてほしいな。

江原　**いきなり会ってその場で終わっちゃうなんて……。それでは恋愛の安売王**ですよね。自分ではセックスを楽しんでるつもりかもしれないけど。安売り女として見られるのは女性にとって、とても損なことですからね。昔から、「安かろう、悪かろう」と言うじゃありませんか。男という生き物は、そういう女性に飽きるのは早いものですよ。

林　そうそう、キスってプレゼントの包装紙開ける前の「わーい！」っていう感じなんだと思うの。中に何が入ってるのか、ワクワクドキドキするみたいな。安売り恋愛では、絶対にこうはいかない。ときめきも何もあったもんじゃないもの。

江原　男の心理として、手に入らないものがようやく手に入ったときのほうが喜びもひとしおなんでしょう。だから**男という生き物は、やっとの思いで手にしたものは、長く大事にしますよ。**時計でも何でもそうじゃないですか？

林　そうよね。待って待って、五年待ちで手に入れた車なんて本人の命と同じくらいに大切にしてる。女性にとっての宝石か、それ以上の価値があるのかも。

江原　普段の生活は無精でも、大事な車はピカピカに洗ったりしますからね。だけど簡単に手に入ったものは、別にケアしなくてもいいや、ってなってしまう。

林　今どきの子は、なぜかそこがわかってないのよね。

江原　だからこれからは、女の子は**高嶺の花を目指すよう方向転換しなきゃダメ**でしょう。

はずみセックスは要注意。カラダの相性は重要です。

林　女の子側から言えば、もしかしたら男性とそんなに長続きしなくてもいいや、っていう感覚があるのかもしれないけれど。確かに、人を知るという意味で、肉体を知るのは手っ取り早いという印象はありますよね。でもそれは、大人になって初めて理解できることだと思うんですよ。

江原　セックスって、その人の人格が出てくるものなんですよ。

林　こちらをどのくらい好きなのかも含めて全部、わかりますよね。

江原　見えます！　見えますし、だから、**セックスで気遣えないカップルは、日常でも気遣い合えるわけがない**です。

林　あ、いい、いいお言葉。セックスには全部出るわけですね、性格も人格も思いやりも。だから成り行きでホテルに行っちゃったものの相性が最悪で〝礼儀を失しない程度にことを終えて、帰りましょう〟みたいになることもある、と聞くんですね。女性にしろ、男性にしろ、ここまできたら帰るわけにもいかないし、しょうがないなぁっていう感じ？

江原　そういうのって妙な接待の食事と一緒で、疲れるだけで終わりますよね。ただ、そういうセックスもあまりにも良かったなら、他の点を妥協してでももう一回、とかはあるかもしれないけれど……。でも、よく考えてほしいのは「その人と人生を共に歩めるか？」ということ。

林　最近は、この男性となんらかの仲になりたいという気持ちが先行して、セックスするだけでもOKみたいな女の子も多いみたいですね。

江原　体の関係だけでもいいって女の子が思うなんて、僕としては驚くというか、呆れるというか……。

林　でも、現実はそうみたい。彼女がいてもいいから、浮気でいいからとか。でもセカンド系に甘んじる気持ちの中には実は、「いつか自分のものにしてやる」って思いが隠れていたりするわけ。寝ればなんとかなるんじゃないか、と。

江原　セックスすれば男が自分になびくんじゃないかという、うがった考えが心の片隅にある女性って、慎しみがなく恐ろしいですね。

林　でも、このノリで大事な男友達とセックスするのは絶対にオススメしない。**もののはずみでしてしまって、一生の友達になれるかもしれない人を**

失うのはもったいない。一時のセックスで大事な人を失うなんてバカみたいだから。それに、そもそもセックスのテクニックだけで男の人をつなぎとめておくなんてできないと思う。ものすごく好きなんだけどマグロな女の子と、それほど愛情はないけどすごいテクニックの子を比べるでしょう。欲求を満足させるだけならテクニシャンのほうがいいかもしれないけど、本当に愛する子とセックスする喜びに勝るものはない、と男だって考えるはず。

江原 でもね、セックスの不一致って大きいですよね。

林 やはり大きいですか。

江原 ものすごく愛し合っているけれどセックスの相性が合わなくて、生涯付き合っていく気になれないと諦めたカップルもいますからね。結婚というところまで考え、長い目で見ると耐えられない……と。

林 結婚してもセックスレスの家庭は多いんだけどね……。そこだけちょっと我慢すればよかったのに。

江原 セックスレスは、仕事が忙しすぎるとか、いろんなストレスが要因だろうから、日本はそのうち「セックス休暇」とか作らなきゃいけなくなっちゃうんじゃないですか？ コンドームメーカーの調査によると、フランスやギリシャの夫婦の営みの回数はすごく多いんですよね。日本はとても少ないのに……。

林 日本人って国民性として淡泊なんじゃないかな。

江原 元々が農耕民族ですからね。

林 本で読んだ話ですが、肉食人種って牛とか馬がまぐわうのを見て「おー、こういうふうにやるもんだ」ってお手本にしたらしい。私たちのような農耕民族だとオシベとメシベが風で結合して実を結ぶ、というところからスタートしているわけですから。

江原 でもね、セックスの回数を問題にするのは、おかしいと思うんです。よく雑誌とかでセックスレスとかって騒いでいるじゃないですか。全然ないのは確かに困るかもしれないけれど、**一回に情熱を注ぐのと、数をこなすのとではセックスの質という点で差はあまりない**ような気がします。

林 しょっちゅうセックスをする必要はなく、濃さが問題って感じ?

江原 盛り上がる一回一回が大事なんです。大げさかもしれないけれど、カップルによってはたった一回のセックスでその後一年間何もしなくても満足っていうこともあり得る。どこからをセックスレスと呼ぶかも個人差があるんじゃないでしょうか?　例えば月に一回であっても、それを少ないとするか多いと感じるかは当事者次第でしょう。

林 私もそう思う。セックスレスだからって気にすることはない！　セックスするのをどこまで引き延ばせるかというのも女の知恵だと思いません？　今の世の中だと難しいかもしれないけれど、そういう駆け引きが巧みな、頭のいい子が結局勝っていますよ。

最高のセックスにするためには、ミステリアスさも欠かせない。

江原 **いいセックスの法則を知るというのはとても大事**だと思いますよ。例えば**〝セックスのときは電気を消せ〟**とか。

林 それ、面白いですね。

江原 いやいや、これはすっごく大事。だって、**あけっぴろげっていうのは絶対に神秘性を消滅させる**ものですからね。明るいところからは、神秘って生まれないものなんです。赤ちゃんだって暗い場所からこの世に出てきますから。

林 セックスには神秘が必要なわけですね。

江原　そうです。明るいところから生まれる神秘なんてありませんよ。

林　そうだ。電気を消そう！

江原　その論理でいくと、愛の芽生えも暗いところから。セックスのときは、電気を消すべし！　林さんは、セックスの法則って何かお持ちですか？

林　あります。**“昼間は聖女のごとく夜は娼婦のごとく、なんて言葉を信じるな”。**　いざセックスとなったときにやりすぎちゃう女の子がいるでしょう。すごく地味な私がそこで大胆になったら喜ばれるんじゃないかと深読みしちゃって、男の子がドン引きするようなことをしたりね。そういうつまらないことは考えないほうがいいんじゃないかな。逆効果になるから。

江原　情報に惑わされるな、ですね。

林　それから、あまり最初から自分の部屋に連れてこないほうがいいと思う。

江原　最初からすべてをオープンにしちゃうと、それもやっぱり神秘じゃなくなりますから。**男女間の神秘は絶対ケチケチケチ**しなくては！（笑）

林　神秘はケチケチ、小出しにするですね。

江原　子どもがグリコのキャラメルを買うとき、実は箱の中のオマケが見たいわけでしょう。最初からどのオマケが入ってるかわかったら、欲しくなくなってしまうものですからね。本だってそう。最初に内容がわかっていたら、もう読まないでしょう?

林　だから**女も全部見せてしまうのではなく、小出しにしていく**といいのね。

江原　例えば雑誌の次号予告ってすごく大事なんだと思いますよ。あれって何でもないようで想像力をかきたたせるじゃないですか。「あーこの特集、絶対忘れないように読まなきゃ」って思いますからね。

林　まず家の前まで送らせて、やがて玄関、そしてベッドルーム、みたいに徐々に自分のテリトリーにマーキングさせるわけですね。

江原　あとね、〝挿入だけがセックスじゃない〟というのも声を大にして言いたい！　今の若い人たちは、挿入＝セックスだと思い込んでる人が多すぎるんです。その前後、過程も含めてセックスだと思わなきゃダメ。

林　そう、セックスのときにいいコミュニケーションがとれてないとダメ。そこでテクニック使うとか、手練手管使ってああだこうだとかじゃないのね。お互いに自然に、伸び伸びとリラックスして楽しめるセックスを目指してほしい。

江原　現代は情報過多だから、すぐ小手先のワザに目が行っちゃうんでしょうね。

林　でも、ベッドの上では何をしたっていいわけ、もうＳＭやろうと何やろうと。二人の心と体のコミュニケーションがとれてさえいれば。

江原　その人の人格がすべて出るのがセックスですからね。犯罪的なことになったら別ですけど、お互いの欲求は我慢しないほうがいいわけで。

林　女の人が手錠をかけてほしい、鞭で叩いてほしいって言っても、ノープロブレムな関係性を作ればいい。お互いの了承の下で何が行われようと、それは二人の自由なわけでしょ。逆にそのほうが燃えるというカップルもいるわけだし。

江原　お互いが良ければそれでいいですもんね。でもね、改めて思うに、今の子たちの恋愛感覚って基本的に間違ってるような気がするんです。ここまで話してきたキスひとつとってもそうだし、セックスに至るまでの過程や、セックスに対する意識とか。そこに神秘性や神聖なものが感じられないんですよね。それはとても心配です。

Q・03

林真理子↓江原啓之への質問

男は浮気する生き物ですか？

Q・03

A-03

男は基本的に狩人のＤＮＡを持っていますから、
獲物を手に入れてもまた次のターゲットに目が行きます。
獲物を察知するアンテナも常に張りめぐらしているので、
恋人がいても美女とすれ違うときは目で浮気してしまうのです。
結婚しているのに浮気している男性は、
奥さんにとても優しくなります。
それは心のどこかで後ろめたさを感じているから。
ただ、同時に二人を愛することは不可能です。
結局、自分を一番愛していることになってしまいますね。

A-03

Q.04

林真理子→江原啓之への質問

上手な別れ方なんてあるのでしょうか？

Q.04

A-04

本当に愛していたら、
「別れ」は絶対に相当の痛みを伴うはず。
だから上手に別れたと思っている人は、
ただ単に愛情がなかっただけ。「別れても友達」などと言って、
昔の恋人を交えて食事をするような男女は、
愚かとしか言えません。結局、顔がカッコいいからとか、
リッチだからなんていう浅い理由で
付き合っていたにすぎないのでしょう。
別れた恋人と平気で友達付き合いをするような人は、
自分が誰からも愛される存在だと主張したいだけ。
それを恥ずかしいと思わないようでは、
恋をする資格などないのです。

A-04

バカになれる

Chapter 06

〝面白い女は合コンで電話番号を聞かれない〟
〝男は頭がいい女が好きではない〟
……もはや都市伝説と化した感もある
モテない女伝説は本当でしょうか?
男心を読み解きながら、モテの法則を分析。
多くの女性が今まで気づいていなかった
意外な現実が浮かび上がってきました。

女

Chapter 06

バカになれる女

林真理子（以下、林）　聞き上手というのは、モテる女の人の条件のひとつですよね。逆に、例えば合コンの席で〝私が盛り上げなきゃ〟と喋り続ける女の子は絶対に、メールアドレスとか携帯番号を男性から聞かれたりはしない。よく、女の芸人さんがモテないという話を聞くけど、そこに原因があるんじゃないかしら？　彼女たちってプライベートでも職業意識を発揮して、面白いギャグを連発するらしいの。サービス精神が旺盛だとは思うんですが、残念ながらちょっと計算違い。それだと、ただみんなでワーッと盛り上がって、今日はとっても楽しかった、で終わっちゃう。

江原啓之（以下、江原）　それじゃ、まるで〝聞かせ上手〟じゃないですか。

林　そうなの。女の芸人さんがテレビで言ってたけど、「私の顔のレベルで、男として芸人になっていたら、今の十倍モテる」って。男は聞かせ上手でいいけど、**女は聞き上手じゃないとモテない。**

江原　だから最近、〝おばちゃんバー〟とかが流行ってるんでしょう。熟女バーで「どうしたの」とか優しく問いかけられると、男性はたまってる胸の内を吐き出してしまう。聞いてもらうことで気分がスーッとするのは、男の性《さが》です。キレイで可愛いお姉さんがいるキャバクラに行くよりも、話を聞いてくれるおばちゃんに癒されてるそうなんです。

林　キャバクラは男性側が上げなきゃいけないんだもんね。だけど、おばちゃんバーは逆に上げてくれる。

江原　そういうことです。熟女たちは、男性客がドアを開けた途端にカウンターの奥から「あら、お帰りなさい」と優しく声をかけてくれる。そこに癒されるんでしょう。

林　「そうよねー」とか「わかるわ、その気持ち」とか、「あなたは少しも悪くないわよ」とか。大人の女性は心の中で「この男の子、バカ言ってるな～」なんて面倒くさ さが芽生えてるとしても、それをおくびにも出さない。やっぱり男の人の言いたいことを聞いてあげる優しさと度量を持つって大切。

江原　男は語りたい生き物なんですよ（笑）。でもね、聞き上手はいいけど、**全許容はダメ**ですよ。最初は良くても、いずれ捨てられてしまいますから。

林　じゃあ従順に男性の話を聞くだけじゃなくて、たまには反旗も翻したり？

江原　そう。その兼ね合いがすごく難しいわけです。この**バランスが上手にとれる人が本当にモテる人**なんです。

林　そこのバランスが生まれつききちんととれる人、いますよね。**男性を冷たく突き放したかと思えば、優しく甘えさせてみたり。バランスとタイミングは大事。**

自分がモテるテリトリーを知るには、まず己を知ること。

林　普段はちょっとタカビーだったり、職場で男性並みにテキパキしてる女の子が、恋人と二人きりになるとがらりと変わって聞き上手になるというのも男の人にはたまらないいんじゃない。そういうモテ女は、自分がどういう男の人に受け入れられるかをよくわかっているでしょう。

江原　そうです。だから無闇にモテるわけではなく、自分がモテるテリトリーをちゃんと心得ているんです。それは、自分という「素材」を理解しているということ。最初にお話ししたように、「料理上手」なんです。自分のテリトリー内で正しい動きをできるから、男性からの反応も当然良くなります。

林　となると、まずは自分がモテるテリトリーを把握しなければならないということですね。関心を持ってくれそうな男性がいないテリトリーにはあまり近づかない。もしくは接する機会があっても、モテようなんて高望みはしないと肝に銘じるということですよね。

江原　**テリトリーを理解するということは、自分をよく知ること**でもあります。

林　相手にしてもらえないような男性は人生から除くべし、ですね。可能性がありそうなテリトリーでムダ弾を撃つのは構わないんですが、当たらないのが最初からわかっていたら絶対に弾は撃ちません（笑）。

江原　もっと言えば、弾を撃って、少しでも可能性があるかどうかを知るのも大切です。

林　**自分のテリトリーの中ではいっぱい種を蒔いておくけど、ムダな荒野には蒔いても意味がない**ってことですもんね。

江原　芽が出てきそうなところにしか種は蒔かない、と。農業と同じく、自然の摂理が働くと言ってもいいかもしれませんよ（笑）。

林　例えばマスコミ関係のパーティに行くと、たいていの場合スポーツ界のスター選手も招待されています。チラ見して「素敵！」とは思っても、よく見るとキャビンアテンダント風な美女が横にいるわけ。恋人かどうかは知らないけど。私はそういう男性には絶対、近寄らないようにしています。パーティ会場をスキャンして、地味そうな男性とか無難な感じの男性を自然に選り分けているような気がする。

江原　林さん、そんなことしなくても、大丈夫ですよ。

林　モテモテの男の人たちって自信たっぷりで〝僕とやりたいんだったらやってあげてもいい〟みたいな雰囲気じゃないですか？

江原　でもそういう人に寄っていく女子もいるわけでしょう。

林　それはバカだな〜と思うけど。

江原　Hはできても恋の成就はないんじゃないでしょうか。林さんみたいにテリトリーの範囲外の男性を選り分けるっていうのは、成就路線を堅実に選んでいるという前向きな行動なんです。だから、モテの確率も自然に上がっていきます。

林　そして、**モテる人だという噂が立てば、またまたモテる！　男女問わず、モテオーラが出る**みたい。モテると自分に自信がついてくるし、そうなると不思議なものでさらにモテオーラが輝きだすのよね。

江原　それ、よくわかります。

林　しかも男は納豆と同じで、一粒すくうと後から大量にくっついてくる。ただし、最初の一粒がなかなか拾えなくて苦労するけどね。

江原　一粒が後を引く、か。男は納豆なんですね。

愛を持続するためにも駆け引きは必要。

林　納豆の最初の一粒をすくうのに大抵の女性は苦労するわけだけど、その苦労が実は楽しかったりするのよね。

江原　苦労も楽しめるのが恋ですから。そして一粒をすくった後も、続く粒を落とさないようにしなくてはならない。つまり、彼の心を手に入れたからと安心してはいられない。**愛を持続させるためにもさまざまな創意工夫は必要**になってきますよね。時には駆け引きをすることも、恋愛の醍醐味です。

林　恋愛中は彼のことがどんなに好きでも愛情を百パーセント差し出しちゃいけないと思う。電話やメールを毎日したいけど二日に一回にするとか、一週間は放置プレイにするとか。男と女の駆け引きって、本当に難しい。

江原　自分の中のジレンマとも駆け引きしなければいけないわけです。

林　だけど向こうは三日に一度がいいのかもしれないし、人によっては毎日のほうが喜ばれるかもしれない。相手の心をしっかり読まなきゃいけません。

江原　うーん、難しい。その難易度って、セックスに至るまでの肌の触れ合いにも通じるかもしれない。男性に体ごとしなだれかかったり、ベタベタ触る女性がたまにいるじゃないですか？　そういうストレートな接触よりも、さりげなくタッチされるほうがドキドキするんじゃないでしょうか。男性の大半が僕と同じ意見だと思いますよ。

林　それは言えてる。

江原　でしょう。触られるか触られないかという微妙な距離感がもたらすドキドキと妄想と。あからさまじゃないほうが期待はふくらむし、そうなると一種のフェロモンが分泌されるのでは？

林　と同時に、恋愛感情も生まれますよね。

江原　きっと恋心も生まれるでしょうね。気持ちが高揚するときというのは、人間のホルモンがばばばば〜ってすごい勢いで分泌されてるんじゃないでしょうか。

林　好きな人の心模様も読み解かなくてはいけないし、性的に微妙な距離感も測っていかなくてはならない。しかも関係が進展したからといって、その努力が不要になることもない。恋する男女の駆け引きは精神と肉体の距離感のバランスとタイミングを常に保っておく必要があるわけだから、すっごく難しいですよね。郷ひろみさんは「会えない時間が、愛育てるのさ♪」と歌いましたが、これも個人差がありますから。

リーディング上手な〝恋のビジネスマン〟を目指せ！

林　恋の駆け引きって繊細さが必要だと思う一方、鈍感力が強い人のほうが意外にも恋愛に強いんじゃないかと最近、感じますけど……。

江原　そういう女性って見かけがどんなにキレイで可愛くても、ある意味で男性的なんですよ。**契約上手だし、セールス上手。つまり〝恋のビジネスマン〟**

なんですよ。表面がどんなに女らしくても、中身は相当のオヤジだと思いますよ。

林　女優さんなんかも割とそういう方が多いみたいですね。

江原　そういう意味では本当に女らしい人は恋愛下手かもしれない。やたらに男に尽くしちゃったり、本当に母性で生きちゃうんだよね。恋愛においては日陰の存在になりやすい。

林　お金持ちのプレイボーイだと、モデルとか美人なんて選り取りみどりじゃない。でもそういう人が意外とフツーの子と結婚したりしている。結婚前だとみんな猫をかぶって、可愛らしい面しか見せないでしょう。例えば誕生日プレゼントに何が欲しいか尋ねられても、「あなたと一緒にいられたら、別にいらない。何も買わないでいいよ」とか可愛いことを言っちゃってると思うんですよ、女はしたたかだから。そして百戦錬磨のプレイボーイでも、そんな態度をされたらコロッと騙されちゃう。だから、なんであれだけのプレイボーイがこの程度の女の子と？　なんて憮然としちゃうケースが出てきちゃう。

江原　それは、彼女たちがやり手の〝恋のビジネスマン〟だからですよ。婚姻届は一種の契約書でしょ？　自分を売り込むセールスも上手だから、あの契約書に捺印させられるんでしょう。

林　それって、どういうテクニックを使ってるわけ？　セールス上手ということは、「あなたが必要としているものを私、いっぱい持っています」とアピールするのがうまいんでしょうか?

江原　良く言えば**想像力が豊か。**テクニックを駆使して小手先でアピールしても、メッキははがれてしまいます。そうではなく、本当に相手が望むことを敏感に察知できる。要するに、リーディング上手なんでしょうね。

林　リーディング上手というのは?

江原　相手の男性の、押さえるべきツボをすぐに察知しちゃうわけ。

林　それなら私もリーディング上手ですよ。しかも、先読みした男性の願望を全部叶えて、彼らをすごくいい気にさせちゃう。

江原　それは林さんの内面がすごく女らしいから。問題はそれが男性に尽くす方向に向かっていることです。セールス上手な〝恋のビジネスマン〟は、リーディングしながらも男性に自然に尽くさせるんです。何事にもツボを押さえた行動ができるんですよ。

林　プレゼントとかも、うまそうですよね。「啓之がこないだ『靴下が足りない』って言ってたから、五足セットの靴下買ってきちゃった〜」とか、そんな感じ?

江原　そう。さりげなくね。

林　阿寒湖のお土産にチープなビン入りのマリモを買って、「啓之のこと思い出したら、マリモが頭に浮かんだから、買ってきちゃった」とか？

江原　それは、超ムリヤリ（笑）。

林　そういうことを言ってみたいけどね。私は恥ずかしくって、できないと思うの。

江原　そこを仕事だと徹しないと〝恋のビジネスマン〟にはなれません。

バカのふりができる、頭のいい女性はモテる！

林　ところで、面白い女ってモテないのかな。先ほどは女芸人はモテないという結論になったけど、面白い素人女性はどうなんでしょう？

江原　面白い女性は基本的にはモテると思います。

林　そうだよね。面白い女だからモテないなんてことないですよね。

江原　それは捉え方が間違っているんじゃないでしょうか。**面白い女がモテないのではなくて、知性のない女がモテない**ってことですよ。男は優秀すぎる女性は苦手といいますが、だからといって知性のない女が好きかっていうとそうじゃない。

林　絶対、そうですね。

江原　〝バカなふり〟というか、バカになれる女性が好ましいのであって、知性がゼロではダメ。バカになれるのは、実は頭のいい人なんですよ。頭の悪い人には〝バカなふり〟ができない。バカになれるっていうのは頭のいい証拠ですよ。

林　その場の空気を読めて、自分が三枚目をやれるときはやれる人っていうふうな女性ですね。そういう粋なことができるのは、本当に頭がいい人。その半面、空気を読めなくて、自分の美貌だけで突っ走る女の人っているじゃない。

江原　いくらすごい美人でも、そういう人はモテないと思いますよ。

林　男はバカなふりができる賢い女性が好きで、その人の心根を可愛いなぁと思うんでしょうね。

江原　あと、**頭の良さというのは引き際の良さというか、相手に追う気を起こさせるのが巧み**なんですよね。〝バカなふり〟をするだけじゃない。

林　頭のいい子って、合コンの帰り際とか実にうまい。頭の悪い子は最後までダラダラダラダラいて、結局酔っ払って、みんなに見放されちゃうの。

江原 合コンで最後まで残るのは、よろしくないことが多いですよ。

林 それは、男も女もそう。帰り際の美しさが合コンの印象を左右するような気もします。いつ、いかなるときも「立つ鳥、跡を濁さず」を胸に刻みつけたほうがいいですね。

モテる女性の一挙一動から決して目を離すな！

林 モテる女の人を重点的に見ると、いろいろな魅力が浮かび上がってくるんですよね。

江原 なぜモテるのか学べるわけです。

林 例えば、相手の心をすくい上げるのがうまい、とか。

江原 惜しまれつつ、テレビ局を寿退職した後もフリーとして活躍し、雑誌の表紙を飾ったり、ドラマで女優デビューを果たした美人アナウンサーがいるじゃないですか？ 彼女たちを見ていると、なぜモテモテなのかがわかる気がします。

林 じゃあ、先生から見たモテポイントは？

江原 元女子アナということは美人だし、知的な雰囲気もあるでしょう。でも、それだけじゃない。母性を醸し出しているんですよ。

林　母性できたか。

江原　そう、艶とは違うんです。

林　でもさ、恋愛相手に対して「あなたの母親になってあげるから、立派になってね」なんて母性本能をフルスロットルにするなんて、正直言ってできませんよ。

江原　いえいえ、母親になるんじゃなくて、**母親を思わせる聞き役に徹する**ってことです。モテるために女性はみんな、天璋院篤姫にならなくちゃいけないの。「上様、御台所《みだいどころ》にお任せください」と男性をサポートする母性は大事ですよ。

林　つまり、ただのバカな子が聞き役になるんじゃなくて、知性のある大人として聞き役になるということですね。しかも聞くだけじゃなく、「だけどね」って一言付け加えることもできなきゃいけない。「ちょっと待って、これはこうじゃないかしら」って。

江原　だからね、モテるのに顔とか造作は意外と関係ないと思います。だって、ある意味で恋はマジックなんだから。器量はそれほどでなくてもモテモテの女性っていませんか？

林　いる、いる。いわゆる男好きがするタイプの顔なのかも。でも先生、マジックにも顔の造作は多少、関係があるかもしれない（笑）。

江原　え〜、モテる条件に美人というのも入るのかな？

林　そりゃ美人はモテるでしょうね。でも、あんまり美人すぎる人って孤独だと思う。水準があんまりにも高すぎると、近寄りがたくなるじゃないですか。

江原　そのニュアンスはわからなくはないけれど、つくり（＝造形）が美人という人のなかには、意外と波瀾万丈な人生を送る人も多いんですよ。顔だけに惚れられても、幸せにはなれませんから。

林　でも今どきの女の子はみんな、モテそうな外見じゃないですか。丸の内なんか歩いてると「モテるんだろうな」と思う子がそこかしこにいる。髪型とかネイルとかメイクにすごく気を使って、お洒落してにこやかに笑っているＯＬさんとか見てると、男の人が一番好きなタイプだろうな、って思うもの。でも、顔の造作はたいしてすごくはない。トータル的な可愛さ、キレイさがあるなって感じ。

江原　顔の造作はやっぱり、あまり関係ないと思います。髪型にしろメイクにしろ、キレイにしようとする、その努力が可愛さにつながるんでしょうね。

情報と努力で誰でも絶対にプチ美人になれる。

林　子どものころ、人間は美しさよりもキレイな心を持つことが重要だと教えられましたよね。でも内面というのは他人からは見えづらいじゃないですか。私は人間はやっぱり外見も大切だと思うな。個人的になんだけど、お洒落センスの悪い人とか、例えばコンサバすぎるファッションの子とは、私はお友達になれないような気がする。これだけ情報化社会だとやっぱり**個人としてのパフォーマンスって重要だし、外見にはそれが顕著に出る**わけ。全く身の回りを構わない人っていうのはパフォーマンス能力がない人だと周りに思われちゃうはず。

江原　僕は実際には内面が外見に出るんじゃないかと思っています。林さんがおっしゃった努力も、実際は内面からでしょう。丸の内ＯＬの〝ちょっと可愛い〟は努力すれば作れるわけだし。

林　今ってすごくいい世の中だと思う。昔だったらブスの範囲に入れられたような子でも、スタイルとセンスさえ良ければ、モデルとして女性ファッション誌のグラビアを飾れるわけでしょう。

江原　個性的美人ということですよね(笑)。

林　超ファニーフェイスでもスタイルとセンスが良かったら、今の時代は〝美人〟と言われる。そんな時代だからこそ余計に、外見を磨くべきだと思う。内面が良ければ外見が多少醜くても構わないなんて昔は思ってたけど、今は逆。外見がダメな人は内面も良くないいんじゃないかと思われるから。そういう女性はつまり、努力を怠ってるわけでしょう。

江原　でも「外見が悪い」っていうその定義自体が難しいですよね。だって今の時代、外見が良くなくても、努力で補えることは多いですから。

林　だってダイエットや美容、ファッションの情報はすぐに手に入る時代じゃない？　それなのに身の回りを全然構わないなんてことは、どこか食い違ってるんじゃないかと思う。**内面と外面の二つの車輪をフル活動させて、両方を磨いていかないと、今の世の中は恋するのにも難しい**んじゃないかしら。

江原　情報をきちんと把握していれば何でもできちゃうし、誰でもそこそこキレイになれるんですもんね。今の時代は**メイクにファッションと、上質な材料が豊富だから、料理と同じでそこそこの美女は絶対に作れる**はずなんですよ。

林　素晴らしいお言葉！　絶対にそうだと思う。**プチ美人には誰でもなれる時代**になったんですよ。

江原　情報の上にあぐらをかいて、インスタント食品ばかりを食べて生きてるっていうのは、怠惰以外の何ものでもないでしょう。だから心構えが悪いと、外見にもある程度は比例しちゃうんでしょうね。

林　私も同感です。それこそ意地の悪い人って、顔つきからして意地が悪そうなんだもん。二十代のころはごまかせても、三十代を過ぎると意地の悪さが表面に出ません？

江原　出ちゃうかもしれないですね。

林　若いときは皮膚がぴちぴちだからごまかせるけど、皮膚が薄くなっていくに従ってゆっくりゆっくりと内面の毒が出てきちゃうんですよね。

モテモテより相思相愛を望む、特定男子に愛されたい。

林　一般的に言われているモテる女性って、興味のない男も相手にしなきゃいけないわけでしょう。他人事ながら、煩わしいだろうなと思います。本命と思っている二、三人からちやほやされる、口説かれるのはいいけど、仕事絡みのどうでもいいような男に迫られたら意外と煩わしいと思うのよ。でもそれがモテるってことならそれでもいいのかしら。どう思います？

江原　う〜ん、うれしくないんじゃないですか。

林　ですよね。突然私が先生に「先生、実は……」とかってにじり寄って、先生のほうは「僕はそんな気がないのに」って（笑）。お嫌に違いないと思いますし、そんな目にばっかり遭うとしたら、困りますよね。

江原　だから、**相思相愛を望む特定の人にだけモテればいいのであって、誰かれ構わずモテる必要はない**ですよね。

林　これぞ！　と思う男性には何があっても口説いてほしいですけど。それで、その男性と相思相愛になるのが理想的ですよね。なかにはモテること＝何人もの恋人と華やかな恋愛ライフを送ること、と思っている人もいそうじゃありませんか？

江原　そもそもモテモテな人が同時に何人もの人を愛せるのかって言われたら絶対愛せないと思うんです。それは無理です。**二人以上の恋人を同時に愛せる人がいるとしたら、きっとそれは自分自身を一番愛している**わけだから。逆に言えば、実は誰でもいいってことですしね。だから、不倫する男性だって奥さんとは別に燃え上がる楽しさを愛人に求めてしまうんでしょうけど、やっぱり家庭を愛してると思うんですよね。

林　でも女はちょっと違うかも。男の人が全速力で愛してくれないっていうときに、やっぱりセカンド君、サード君みたいな感じで愛されて、みんなの愛を合わせて百パーセント、みたいな気分になるときがあると思うのね。それぞれの恋人がみんな中途半端で、ちょっと逃げを作っているときだったら、複数恋愛というのもありなのかもしれない。

江原　それはどの人のことも好きじゃないって感じがしますよ。その人は結局、自分だけを愛しているんだと思います。

林真理子&
江原啓之が伝授!
失恋を
糧とする
法則

01
悲しみは、いい恋をした勲章だと信じる

02
無理に忘れないで、心のアルバムにきちんと保存

03
「誰のことも信じられない」などと軽く口にしない

04／ブログや日記などに書くことで"浄化"

05／失恋した、と誰かれ構わず言いふらさない

06／もっといい女になる、と100%の気合で誓う

07／泣くほど悲しく思えるのは恋愛エリートの証

林真理子＆
江原啓之が伝授！
追わせる女の法則

01
すぐに次の約束をとりつけない

02
お金のかからないデートなんてしない

03
たまには恋以外に目を向け、仕事や遊びに完全没頭

04/

とにかく自分を安売りしない！

05/

メールアドレスはすぐに教えない

06/

相手の時間をどれだけ割かせるかが勝負！

Chapter 07

スキ＝

モテる？

巨乳にくびれたウエスト、丸いヒップの
グラビア系美女は、男性のあこがれ？
いえいえ、男性は美女であればあるほど
過剰なプレッシャーを感じてしまいがち。
日々「勝負！」と気合たっぷりな女性より、
"スキ"を感じさせる女性に男は弱いもの。
スキの上手な演出で女度をUP。

Chapter 07

スキ＝モテる？

林真理子（以下、林）　モテる人たちが共通して持っているものに、フェロモンがあるのでは？　これはずばり雌、雄の匂いでしょう。私たちが太古の時代から持ってるDNAに組み込まれているものかも。だから、鍛えて身につけるものというより、生まれつき持っているものなんですよね。

江原啓之（以下、江原）　そう、生まれつきのものでしょうが、大事なのはフェロモンを抽出できるかどうか。たとえフェロモンを持っていても、それを異性に対して発散できるかできないかはまた別の問題でしょうから。

林　そこ、重要。でも、フェロモンを出すには、どうすればいいのかしら？

江原　これもまた、大脳じゃなく本能のコントロールになるのでは。手っ取り早いのは何といっても、人を好きになること。

林　でも、フェロモンって、色気出してしなだれかかったから発散されるなんていうものじゃないでしょう。だから、それがすごく難しい。しなだれかかりゃ誰だって色っぽく見えるかもしれないけど、それは明らかにフェロモンを発散しているのとは違うもの。

江原　絶対そうではありませんね。

林　フェロモン系の女の人って、黙って座っててもフェロモンがふわ〜っと漂ってくる感じがします。

江原　それがフェロモンを抽出し、発散しているということですよ。

林　ある男性作家の先生がおっしゃっていましたけど、何人かで食事した後、帰る道すがら誰かが「今日いい女が一人いたよなー」って言うと、三、四人の男性が「あの女だろう」って同じ女性を挙げるんだって。そして、**いい女と言われる女性はやっぱり雌としての身繕いをちゃんとしている**と。髪の毛ばさばさでメイクもテキトーな女性に、フェロモン女はいないってことですよね。

江原　その定義は男性にだって当てはまりますよね。うん、男性だってフェロモンが出るわけだし、やっぱりむさくるしい男でフェロモンを出している人はいませんから。

林　そう、ヒゲが生えていても、それはちゃんと計算してある、ファッションとしてのヒゲ。無精ヒゲ風であっても本物の無精ヒゲではないから、フェロモンが出るんです。

江原 そう。それと、男のキザをフェロモンと取り違えるのはダメです。

林 そうなんだ。そこは、ちゃんと見分けられるようにならなきゃ（笑）。でもフェロモンって雰囲気とかだけではない。会った後で、「あの人こんなこと言ってたなぁ」と相手に思い出させるような印象に残る発言とかも影響しますよね。

江原 わかります。相手に余韻が刻み込まれるんです。でも僕は、フェロモンというものはただ本能のみで出せるものではないとも思うんですよ。フェロモン系の人たちって実は、品性があるじゃないですか。

林 そうかも。下品な感じを醸し出す人からはフェロモンが感じられない。

江原 〝下品なフェロモン〟なんて本当はないんじゃないでしょうか。**品格とフェロモンは親戚関係**なのでは……。

林 その通り。だから私、セクシーさで売ってるお色気タレントにフェロモンあるなんて思わないもの。

江原 僕もそれには同感です。

林 胸が異様に大きくて、お尻がバンと突き出てるだけじゃダメ。

江原 それだけを売りにしている女性って、男性には慎しみがないように映るかもしれませんね。

林　そういう女性は、一緒に食事して「この女、ベッドの上でどんな顔をするんだろう」って男の人に想像させるのが楽しいのかもしれない。しかも、男の反応を即座にキャッチして「私って、大きな声たてちゃうんですよ」とか下品なことを言ったりするのかも。

江原　そういう女性は品性が欠落していることに気づいていないんでしょうね。

美容への気配りは可愛いけれど、頑張りすぎはNG。

林　週刊誌や男性誌のグラビアなんかに胸がぱーんと大きくって、ウエストがキュッと締まってる女の子がよく登場するでしょう。男の人はみんな、ああいうグラビアアイドル風な女の子が大好きかと思いきや、実は意外に腰が引けちゃうと言う。ナイスバディでぐいぐい押すタイプの女の子たちと勝負するだけで疲れそうで。それよりも普通の女の子の、ちょっとお腹がプヨッと出てるくらいの子のほうが可愛いと思うみたい。

江原　それは、女の子が気を抜いてるからなんです。今の女の子たちって誰を見てもびしっと決めすぎていて、どんなときも全然気を抜いていないでしょう。グラビア撮影の前にお腹もぐっと引っ込めるくらい気合が入ってるらしいし。

林 後ろからウエスト部分を洗濯バサミでつまんだりね。確かに、ものすご〜くスキがない感じ。

江原 ただ、彼女たちのあの気合って、男からするとちょっと強迫的に感じるんです。キメキメの女の子と付き合うには、僕たちももっと頑張らなくちゃいけないとすごいプレッシャーになっちゃうわけです。だから、お腹がぽてっとしてる気を抜いたような女の子の姿っていうのは、逆に新鮮。そういう女性に今、男性はそそられると思いますよ。

林 スキだらけな感じに？

江原 でも、男は「この女、気抜いてるな」なんて、考えないですから。

林 そうか〜。いつもぴしっと決めてる女の子が風邪ひいたりして、ちょっと元気なかったりすると可愛いのと同じ感覚なんだ。

江原 そう。要するにね、**勝負、勝負、勝負ってあんまり攻めてこられると男としてはちょっと引けちゃうもの**なんですよ。そういった意味では、気を抜いている女性にホッとさせられる。もちろんいつもだらしないのはダメなんだけども、そうでない人がちょっと気を抜いている状況というのは、男にとってはすごい魅力的に映る。本当にそそられるわけです。

林　超美人の女優と結婚した男性は、彼女のジャージー姿を見て、可愛いなぁと思うんでしょうね。ジャージーは着なくても、すっぴんに洗いざらしのデニムでキッチンに立ってたり。ちょっと気を抜いて髪の毛を無造作に束ねた姿なんか、絶対に可愛いと思うなぁ。オンとオフの緩急をつけるのがきっと絶妙なんでしょうね。

江原　そういうのって、夫婦の間でも大切なんですよ。

林　え〜、私なんて家にいるときはいつも気を抜いてるかも……。

江原　いつも気を抜いてると、ダンナ様は妻のその姿しか見なくなるから緩急がつけにくくなるかもしれませんよ。僕は妻がテレビの前かなんかにぺたんって座ってるのとか可愛いなと思います。あの女座りっていうんですか？

林　うーん、先生、さすが（笑）。

江原　普段、憎々しいことを言われていたとしてもね、気を抜いた姿というのはやっぱり可愛いものです。美人云々は関係なく、気を抜いた姿というのは、男心をそそりますよ。

林　でも今の女の子って美人じゃないといけないと、必要以上に思いすぎているような気がする。テレビなんかを見ていると、どう見たって普通のレベル以下の女性であっても、ダンナさん側が「可愛かったです」とか「ひとめ惚れしました」とか褒めるわけ。実際、男性がパーフェクトな美人を求めているかというとそうではないわけだったりして。

江原　雑誌やテレビを見ていると、キレイになるレッスンみたいな特集とかすごいじゃないですか。誰もが美容に関して、耳年増になっています。すべての男性が僕と同じ考えかどうかはわからないんですけど、女の子の健気さにはやっぱりものすごくそそられるものはあるんですよ。可愛くならなくてはと頑張るのは健気さだと思うんですが、今どきの女性は〝美しくなってやる！〟と、力が入りすぎているというか……。

林　わかる！　頑張ってます、という状態が前面に出ちゃっている女の子が多い。

江原　そういう女の子は、健気さをはるかに超えています。

林　ちょっと気合を入れすぎ。だって、マスカラも片目だけで十五分とか当たり前なんですもん。メイクにすっごい時間かけてますよ。私、下まぶたの際《きわ》に白いラインを入れてる子が大嫌いなの。もうそれを見ただけで心が萎えるっていうか。目を大きく見せたいのはわかるけど、ここまでするかっていう感じ。

江原　キレイになりたい気持ちはわかるけど、そこまで頑張らなくてもいいよ、って大抵の男は思っていますからね。

林　メイクだけじゃないですよ。脱毛はもちろん、踵の角質をこすって、ペディキュアして、デコルテもちゃんとチェックして。普通の女の子がもう全身くまなくメンテナンス。

江原　身繕いを全くしない女性も困りますが、あんまり完璧なメイクとか全身のお手入れとかをされると、男にとっては強迫観念になることもあると思ったほうがいいですね。

林　だから、スキのある女性がモテる。

江原　ただ、この**〝スキ〟も意外と難易度が高い**んですよ。気を抜いていればいいかというとそうではなく、いいスキと悪いスキがありますから。大切なのは本人の身持ちがちゃんとしてるかどうか、でしょうね。

林　私みたいな人妻がスキを見せると、「おおっ、きちんとした奥様なのになんとなくスキがあるな」って、いい感じなのよね（笑）。

モテる女になりたければ、スキを上手に演出せよ。

江原　確かにそうするとモテますよ。今の時代、女性も男性同様に責任のある仕事を任されているし、二十四時間、気を張っている人も多いと思うんです。だから、**上手にスキを演出できるかどうかが、モテに反映される**のではないでしょうか。

林　お酒の席なんかで最初から「ウーロン茶を下さい。お酒は一切飲めません」って言う人いるじゃない。ああいう女性って、同性から見ても「可愛げがない女ねぇ」って思っちゃうの。同じ状況でも「お酒はあまり得意じゃないんですが、一杯だけお付き合いさせてください」って言う女性はすごく可愛いなぁ、って思う。お酒一杯でも、男性に与える印象が全く違う。

江原　アルコールに弱くてもほんの少しなら、という姿勢を見せることで「ちょっと酔った姿を見てみたい」という期待も生まれますからね。最初から「飲まない」と拒絶されちゃうと、なんで酒席に参加するんだろう、と思われかねないし。男は傷つきやすい生き物なので、その場では平気な顔を見せても、心の奥がチクチクしていたりするかもしれないです。

林　お酒の飲み方でもへべれけに酔っちゃうのは論外ですけど、いつもはかっちりしている女性がワイン二杯くらいでちょっと饒舌になったときに、女の私から見ても可愛いなぁと思うわけ。キャラクターがほんの少し変わるのって割と簡単にできそうな気がする。

江原　**いつもは強気で、かっちりしている女性の弱い面を見たら、男はこぞって手を差し伸べたくなりますからね。**

林　芸能人の結婚会見なんかで結婚を決めた理由を聞かれた男性が、「しっかりしてそうですが、すごくお茶目なんですよ」って必ず言うじゃないですか。あれかな。女性がいい大人でも心配で一人歩きなんてさせられません、ってなる男性心理。

江原　女性を保護したいという本能に訴えかけるわけですね。

林　それにさっき先生がおっしゃったみたいに、普段からぴしっとしている女性って品格があるじゃないですか。普段がちゃんとしてるからフェロモンと品格が生きるんですよ。いつもふにゃふにゃしてるお姉ちゃんがワイン二杯飲んだ後に男に甘えたって、全く魅力的に見えない。

江原　いつもとは違う面を見せ、なおかつその面にはスキも感じられる女性は素敵なんですよ。

林　二杯ぐらいでほんのり酔うなんて結構可愛いじゃん、と思わせるの。

江原　でも、足腰が立たなくなるほど飲むのはよろしくないですよ。

林　お酒に弱い女性がこのシチュエーションでスキを演出をするときは、自分の大体の酒量の限界を知ってないとダメですね。じゃないと、大失敗する可能性もある。

ユルい雰囲気を漂わせる、別人キャラになり切ってみる。

林　スキの演出としては、自分が苦手なことを男の人にやってもらうのもいいですよね。パソコンとかＡＶ機器関係のセッティングとか。

江原　あと、真冬でもノースリーブの服を着ている女性とか、いますよね。ファッションでスキを演出しているのかな？　って思います。

林　真冬にいきなり腋の下見せるって、すごいテクニック。ちょっとしたユルみも感じさせちゃうかも。昔、文化人のアイドルで、男性陣がみんな一度は口説いたっていう有名女性がいらっしゃいます。彼女はすごく知的なんですが、なおかつスキとユルみがありましたね。一緒にニューヨークに旅行したんですが、私たちは飛行機のビジネスクラス最前列の席だったんですよ。飛び立ってしばらくしたときに彼女が「あん、疲れちゃった」って、靴で壁を軽く蹴飛ばしたの。履いていた靴がまたポンポンが付いたすごい可愛いデザインで。そのときの彼女がゾクッとするぐらい色っぽかったんですよ。疲れたからと脱いで裸足になったらだらしない感じがするものだけど、可愛い靴とともに彼女の仕草がなんともいえないフェロモンを放っていたんです。

江原　それは、誰にでも真似できることではないですよね。

林　彼女、とんでもなく非日常的なことを言うんです。でも、それもまたユルい感じで可愛いわけ。

江原　キャラクターが変わるというか、非日常的な自分になり切れるっていうのは強いですよ。やっぱり、**恋愛はなり切り上手であることも大事**ですね。

やっぱり、恋

Chapter 08

をしよう!

恋をしていない人は、人間としては失格？
恋をすれば、ホルモン分泌が盛んになり、
お肌も髪の毛もツヤツヤピカピカ。
成就せずとも心が潤うのが恋の素敵さだし、
切なさや悲しさだって楽しめるのが恋。
医学と科学の進歩で命は長くなった分、
「恋せよ乙女！」な気持ちも永遠です。

Chapter 08
やっぱり、恋をしよう！

江原啓之（以下、江原）　ねぇ、林さん、恋をしていない人は失格だと思いますか？

林真理子（以下、林）　そんなことはないのでは。

江原　僕は、ある意味では失格だと思うんです。でも、僕が言う恋っていうのは行動じゃなくて、精神的な部分なわけ。心の中ではいつも恋をしているということ。

林　えっ？　でも行動に出さない恋愛なんてつまらないですよね。デートしたり、キスしたり、旅行に行ったり、セックスしたりが楽しいのでは？

江原　いや、もちろん行動が伴えば最高ですけどね。でも、**心の中の恋愛すらしていない人っていうのはちょっと感性が鈍い**という気がするんです。恋愛は感性を磨くものですから。

林　じゃあ、**テレビで見るだけのアイドルにうっとりするというのも一種の恋**と捉えていいんですか？

江原　そう。彼らのことを考えると胸がときめくわけですから、それはもう恋ですよ。たとえ、恋する相手とお付き合いするなんてことは絶対に起こらないとしても、好きになった気持ちは消すことはできないでしょう。だったらそれも恋だということになります。

林　成就しなくても恋、成就しても恋、か。でもテレビの中の人じゃ哀しいかも。やっぱり私は直に触れられる男じゃないとつまらないな。触れるっていっても、食事している最中にちょっと膝や肘が触れたりするくらいの肉体接触で十分だし。それ以上望むのは図々しいと思っているけど、せめて体の一か所が触れるくらいのコミュニケーションがないとねぇ。

江原　女性が男性に触れてほしい気持ちはわかりますよ。美容師とか男性のヘアメイクの人って人気がありますしね。

林　**恋をするだけでホルモンがどんどん分泌するからキレイになるし、好きな人とのタッチ&ハグでさらに分泌は増す**わけですよね。女は恋するとキレイになるんだから、恋をしないともったいない。

江原　やっぱり、年を重ねても若々しくいる女性は、絶対に恋愛をしていますよ。

林　**現役と干上がった女の境目って、やっぱり恋。**

江原　絶対に恋ですよね。

林　若い女の子も恋人がいるといないでは全然違うじゃない？　肌の張りとか、身繕いにかける情熱とか。

江原　それは二十代に限らずじゃないですか。『アンアン』の〝セックスでキレイになる〟特集って、毎回人気があると聞いて、「なるほど」って思いましたよ。

林　素晴らしいコピーですよね。

江原　セックスすると女の子は絶対にキレイになります。だって、心身ともに高揚するからホルモンの分泌が多くなるだろうし、そうなると、全身の細胞も活性化するでしょう。だから、お肌も髪の毛もつやつやになる。

林　だからといって、そういうセックス関連のご商売をなさっている女性が特別、めきめきとキレイになるわけじゃない。お仕事としてセックスを扱っているのであって、好きでセックスしてるわけじゃないですからね。肝心なのは、愛あるセックスってことですから。

江原　愛がないと簡単にはキレイになれないっていうことなんじゃないでしょうか。

林　もっと普通の恋愛の話をしましょうよ。先生は、大人の恋ってどういうものだと思いますか？

江原　人知れず、というイメージかな。ほら、恋愛中の若い子っていうのは、自分たちの関係を周囲に見せつけるでしょう。だけど、大人になってからの恋愛って、密かじゃない。

林　自分の心の中に、しまい込んでおく感じでしょうか？

江原　そうそう。それでいて、付き合いも人知れず、穏やかに進んでいくわけです。

林　誰にも見せびらかす必要ないですしね。ワンランク上の感じがする恋愛。

年輪を重ねた大人に与えられる特権的醍醐味とは？

江原　ひけらかさないのが基本ですから。そういう子どもっぽいことをせずとも、今まで重ねてきた人生の年輪がそこはかとなくにじみ出るのが本当の大人ではないでしょうか。

林　そしてもう、外見で好き嫌いを決めるというレベルの話じゃないのね。まぁ、見た目も大切ですけれど、もっと内面的なものを求め合う関係ですよね。「○○君、好き好き」って、テンションを上げ続けるんじゃなく、もっと精神的な部分で互いを高め合わなきゃいけない。エモーションも高めていこうと思ったら、それはそれで高度なテクニックを必要としますよね。だって、いろいろなことに想像力をかきたてないといけないでしょ。

江原　**エモーショナルな面を刺激することはお互いの人間性を高め合うことにもつながります。大人の恋愛においては、それがすごく大事なこと**でもあります。

林　大人といえば、既婚者は、自分の恋愛の成果は言わないものですよね。

江原　誰かが言ってました。一番楽しみなのは、亡くなった後に恋愛関係の話がぽこぽこ出てくることだとか（笑）。

林　ドラマとかで老人が死んだときに、未亡人も遺族も知らない女性が葬儀に来て「あの人は誰？」ってなる感じよね。あれも想像力をかきたてられますよ。

江原　秘密は墓場までも持っていく、くらいの気持ちと覚悟があるのなら恋するのもアリかもしれませんね。

林　カッコいいかも。ところで、先生は恋愛するときにお相手の年齢は気になるタイプ？

江原　恋愛に年齢差なんて関係ないでしょう。いったん年齢差を意識すれば、そこから前に進めなくなっちゃいますし。

林　私の場合も年齢差は気になりません。年上でも年下でも五歳くらいまでだったら年が離れていてもＯＫ。でも、二十代の男性を目の前にしたら、冷静に考えると思います。

江原　それでも、年齢枠は作らないほうがいいかもしれない。世代の違いからも楽しさが生まれるものだし。

林　でも先生、今さら年上の女性と付き合いたくないでしょう?

江原　いえいえ、大丈夫ですよ。恋愛に限らず、年上とも年下とも付き合うのは面白いですよ、世界観が全然違いますから。今まで知らなかった世界を知ることもできるじゃないですか。林さんも、年上の男性は平気でしょう?

林　全然、平気です。でも先生、年上の女の人と付き合ったと仮定して、彼女自身はやっぱり体のたるみとかを気にするわけじゃない。そういうことに対して、男性としてはどう感じるものなんですか?

江原　全く気になりません。

林　いや、女の人はすごい気になると思う。私は、体のたるみを気にする女心がいじらしいなと思うんですよ。部屋を暗くすればいい、っていう声もあるけど(笑)。

江原　そうですよ。明かりを消せばいいと思いますよ。やっぱり体の崩れ云々よりも、セックスにおいては感性のほうが大事だと思いますよ。

林　肉体的な感性だけじゃなくて。

江原　そう。セックスって相手を思いやる気持ちがないと、盛り上がらない。要は、心の感性が敏感であることが大切。感性、つまりセックスの感性の一致とは、男女の〝想像力〟の結晶だと思うんですよ。

林　セックスの核心に触れる大事なお話のような気がします。先生、もっと説明してください ますか。

江原　恋愛って、お互いの掛け合いが面白いもの。そのためには会話も必要だし、始まりから終わりまでずっと無言のままの愛の営みというのはすごくつまらないと思う。セックスは体の会話だし、感性は言葉みたいなもの。会話ができない相手とのセックスは、全くもって楽しくないはずです。

林　**エロティックな会話を交わしたりしながら、徐々にセックス方面に持っていくっていうのも大人の恋愛の醍醐味**ですよね。男が誘って女もそれに応えて、女が誘って男が受けて、ゆっくりと性的なほうに会話を持っていって、最後に仕留める。あの駆け引きというか、男と女の会話の楽しさっていうのは、ね。子どもには絶対に真似できないと思う。

江原 その醍醐味は大人になったからこそ。経験を積んだ人間にのみ与えられる特権のようなものです。

林 恋愛ってすごくいいなって思う。

江原 うん、恋愛って本当に大切ですよ。

林 生きる証でしょう、恋愛は。

結婚はゴールにあらず。恋愛で感性をピカピカに磨け。

江原 ところで、今まで散々恋愛の話をしておきながら、逆説的に聞こえるかもしれないんだけれど、ハッピーになりたいなら結婚はしないことだと思うんですよ。

林 それ、すごいお言葉ですね。

江原 だって独身に戻りたい、と言う男性の多いこと(笑)。

林 男の人はそうなんですよね。でも、私も今なら独身をもっと楽しめるかも(笑)。

江原 時間を巻き戻せるんだったら、もう恋愛を満喫しますよ。

林　でも、先生、時間を巻き戻したら、あの可愛いお子ちゃまたちとの楽しい時間はどうなるの？　いいんですか？

江原　それは、それとして（笑）。

林　私はシングルマザーでもよかったなんて思いつつ、もっといい相手と結婚したいなんて思っちゃうわけ。なんて欲深な女なんでしょう（笑）。

江原　でも、結婚というのは〝生活〟だから、なかなかドキドキするのは難しい。そういうものを求めるなら、恋愛を続けているほうがラブラブでいられると思いませんか。

林　そんな〝邪《よこしま》〟な気持ちも恋ですよね。でも、先生は、不倫は認めてらっしゃらないんでしたね。

江原　未来のない不倫はダメです。だから、焦って結婚しないほうがいいと思うんですよ。**本当に幸せになりたかったら、いい仕事と、いい友達がいて、いい恋愛があってというのが理想**です。結婚だけがすべてではない。

林　私はまぁ、結婚はしててもいいけども、というスタンスですね。結婚しても、恋愛すればいい。恋愛はさまざまに形態を変えていくもので、そのときそのときの選択肢があると思うんです。結婚というのは、その選択肢のひとつではないでしょうか。例えば好きなまま、お互いのことを思い合って別れる恋愛もあるじゃない？　法律上は結ばれなかったけれど、当事者たちの心は固く結ばれたはずですよ。それに、極端だけど死に別れで終わる恋もあるでしょう。結婚が恋愛のゴールかというと、そうではないと思います。

江原　逆に結婚はスタートですよね。恋愛のゴールと思っている人は多いかもしれないけど（笑）。**恋愛は感性の学びで、結婚は忍耐の学び**なんですよ。恋愛だけだったら楽しいで済むのを、それでも結婚するのはどこかでもっと絆を深め、自分を磨きたいと心の奥底で考えているからかもしれませんね。

林　つまり、**恋愛をなるたけ長く楽しめば、感性もそれだけ高まる**ということですよね。

恋を重ねることで、
人生は豊かなものに！

江原　最後に「そもそもなんで人は恋に落ちるのですか」という基本的なテーマでお話をしてみましょう。

林　私、先日、科学館に「人はなぜ恋をするのか」という展示を見に行きましたよ。

江原　どうでした？　恋の神秘がわかりましたか？

林　まずは、虫の生態から始まっていました。

江原　いや虫の生態じゃない話をしてください（笑）。

林　人はなぜ恋をするのかしら？　なんでだろうね。不安なんですか？

江原　ん～、基本的には淋しいからでしょう。あとね、意外に思うかもしれないけれど、人というものは痛みを知りたい生き物だからなのではないかとも思います。

林　やっぱり恋をすると震えるような喜びが体の奥底から湧いてくるわけじゃないですか、なんとなく生きているだけでは滅多に感じられない喜び。その一方で恋をすると、悲しくなるときもあるわけですよね。でも、それはそれで楽しい。

江原　**切なさ、悲しささえも楽しめるのが恋**なのです。

林　親が亡くなったから悲しいとか、家が貧乏で悲しいっていうのとは違う種類の悲しみですよね。**恋の悩みの悲しさっていうのは、もう甘美ですらある。**

江原　陶酔する悲しみですね。

林　それと**恋をするというのは、他人に全肯定されること**でもあるんですよ。人に愛される喜びが生まれる。

江原　その愛で自分の存在意義を確認できるしね。そして逆に、愛する人に自分が持っている無償の愛を捧げることもできます。

林　人間というものは、無償の愛を普通レベルの友達にやたらめったら注ぐわけではありませんからね。

江原　スピリチュアル的な考えとしては、愛はイコール神となります。つまり、無償の愛を捧げる行為となる恋愛そのものが喜びである、っていうことになりますね。あまり難解なことを説明してもピンとこないとは思いますが、基本的には**「愛される、肯定される、そして無償の愛を捧げる」ことが人間には不可欠**なのです。だから、人は恋せずにはいられないんですよ。

林　勉強になりました！

はやしまりこ

１９５４年山梨県出身。日本大学藝術学部文芸学科を卒業後コピーライターとして活躍。１９８２年にエッセイ集『ルンルンを買っておうちに帰ろう』で作家としてデビュー。１９８５年に発表した『最終便に間に合えば』、『京都まで』で第94回直木賞を受賞。その後、『みんなの秘密』で第32回吉川英治文学賞を、『白蓮れんれん』で第８回柴田錬三郎賞を受賞。現在、直木賞の選考委員。近著に『美か、さもなくば死を』『私のスフレ』（ともに小社刊）、『本朝金瓶梅　お伊勢編』『なわとび千一夜』（ともに文藝春秋刊）、『「綺麗な人」と言われるようになったのは、四十歳を過ぎてからでした』（光文社刊）、『グラビアの夜』（集英社刊）などがある。

えはらひろゆき

１９６４年東京都出身。スピリチュアル・カウンセラー。１９８９年、イギリスで学んだスピリチュアリズムを取り入れ、スピリチュアリズム研究所を設立。近著に『江原啓之本音発言』（講談社刊）、『ペットはあなたのスピリチュアル・パートナー』（中央公論新社刊）、『日本のオーラ　天国からの視点』（新潮社刊）などがある。スピリチュアル・アーティストとして、ＣＤ『小さな奇跡』、『愛の詩《うた》』（ともにソニー・ミュージックレコーズ）などもリリースしている。

公式HP　http://www.ehara-hiroyuki.com/
携帯サイト　http://ehara.tv/
※現在、個人相談は休止中です。お手紙などによるご相談もお受けしておりません。

編集 堀木恵子
杉江宣洋
郡司麻里子
構成 山縣みどり
アートディレクション 野口孝仁
(Dynamite Brothers Syndicate)
デザイン 平賀麻子
(Dynamite Brothers Syndicate)
校閲 湯本光一（聚珍社）
協力 星野徹
鳥澤光

超恋愛

2007年12月14日 第1刷発行
2007年12月17日 第2刷発行

著者 林真理子×江原啓之
発行者 石崎孟
発行所 株式会社マガジンハウス
〒104-8003 東京都中央区銀座 3-13-10
書籍営業部 ☎03-3545-7175
編集部 ☎03-3545-7180
印刷・製本所 株式会社 光邦

ISBN978-4-8387-1836-8 C0095
乱丁本、落丁本は小社書籍営業部宛にお送りください、
送料小社負担にてお取り換えいたします。
定価はカバーと帯に表示してあります。
JASRAC 出 0716210-701